KB116908

이상(理想)을 실현한
이상한 이순신

이상을 실현**한** 이상(理想)한 이순신

이상한?
이순신

우상규
전승훈

왜 이상(理想)한 이순신인가?

정명가도(征明假道).

왜를 통일한 '토요토미 히데요시'는 조선에게 명나라를 정벌하러 가는데 길을 빌려달라는 요구를 한다. 조선에서는 당연히 이를 거부한다. 이에 1592년 4월 14일 왜는 부산을 침공하며 약 7년간의 전쟁이 시작되었다.

조선을 침공한 왜의 전략은 크게 2가지였다.

첫 번째는 부산에 상륙한 육군은 가장 빠른 시간 내에 한성을 점령하여 왕을 잡아들이는 것이었다. 이는 왜의 100년 전쟁에서 싸움의 우두머리를 잡으면 전투가 끝나던 왜의 전투방식에 근거하여 왕을 잡으면 조선에서 더 이상의 전쟁을 할 필요가 없을 것으로 생각했기 때문일 것이다. 이 목표를 달성하기 위해서 왜군은 최대한 짐을 가볍게 했다.

두 번째는 왜 수군은 가볍게 군수물자를 가지고 출발한 육군의 후속 군수물자를 공급하기 위해 바다를 통해 한성까지 물자 지원을 하는 것이었다.

왜의 육군은 20일만에 한성에 도착했는데, 그들이 목표로 했던 조선의 왕 선조는 궁궐에 없었다. 이후 조선의 왕을 추격하여 평양까지 진격하여 들어갔지만, 최초에 계획했던 왜의 후속 군수물자는 보급되지 않았다. 그러하니 먹을 양식도 부족했고, 엎친데 덮친격으로 겨울이 찾아왔지만 겨울옷이 부족하여 추운 겨울을 나기가 무척 힘들었다. 이후 명나라의 참전과 왜군 진영에 전염병이 확산되는 등의 이유로 왜군의 전투력은 급속하게 떨어져 남쪽으로 후퇴하게 된다.

남해로 후퇴한 왜군과 명나라 사이에 약 4년 간의 강화협상이 벌어졌는데, 왜의 요구조건 중 하나가 조선 하삼도(경상, 전라, 충청)를 왜에게 넘겨달라고 요구한 것이다. 명나라와 왜의 협상조건이 첨예하게 대립하여 강화협상이 결렬되었고 왜군은 조선을 다시 침략하여 전쟁을 일으켰으니 그것이 정유재란이다. 정유재란이 발발했을 때, 왜의 목표는 임진왜란 때와 다르게 하삼도를 점령하는 것을 목표로 하였으나 이마저도 이순신 장군이 이끄는 조선 수군의 활약으로 좌절되었다.

역사에서 '만약'이라는 가정은 무의미하지만, 만약에 이순신이 이끄는 조선 수군이 바다에서 한성으로 진출하려는 왜 수군을 막지 못했다면 어떤 결과가 나왔을까? 조선이라는 나라는 멸망을 하고 왜와 명나라의 협상을 통해 조선 남쪽 하삼도는 왜의 통치를 받고 나머지 조선 북쪽은 명나라의 통치를 받았을 것이다. 그리되었다면 현재 우리는 일본어와 중국어를 혼용하여 사용하는 나라가 되어있었을 것이다.

이런 끔찍한 비극을 막는데 가장 큰 역할을 한 사람이 바로 이순신이다. 그는 7년 간의 전쟁 중 조정의 지원을 거의 받지 못하였고, 오히려 선조 임금의 오해로 파직을 당한 후 백의종군의 벌까지 받았다. 그러함에도 불구하고 그는 한시도 나라와 백성을 저버린 적이 없었으며, 언제나 '할 수 있다'는 긍정적인 생각으로 절망을 희망으로, 희망을 현실로 만든 우리의 위대한 위인이다.

　그런 그의 정신과 가치를 오늘날의 우리가 함께 공유하고 실천하는 길을 모색하기 위함이다.

여보세요~ 대한민국에 이순신 들여놔야 겠어요!

으악!

부당이득

남한산인자 판피아 고리대금 사기 배임 불법기술유출
횡령 전관예우 봐주기식 수사 특권의식
뇌물 떼먹기 살인 강도 일감몰아주기
담합 악플

이상(理想)을 실현한 **이상한 이순신**

머리말

충무공 이순신 장군을 멘토로 삼고 있는 두 사람이 만났습니다. 한 사람은 엔터테이너 생활을 30년 하였고, 다른 한 사람은 해군 생활을 30년 하였습니다.

임진왜란이라는 절체절명의 위기에서 오직 나라와 백성의 안위를 생각하고 위기에서 희망을 전파한 진정한 리더 이순신. 이순신과 함께 임진왜란의 승리를 공유하고, 불확실한 미래를 대비하는 책을 만들고 싶어 두 사람은 그의 소중한 가치와 올바른 정신을 온 국민과 함께 공유하기 위해 의기투합하여 머리를 맞대었습니다. 마침내 역사적 근거가 분명하면서도 모두가 재미있게 읽고 기억에 남을만한 「이상한 이순신」이 출판되는 소박한 결실을 맺게 되었습니다.

이 책의 제목이 이상하다고 생각되시나요?
「이상한 이순신」의 '이상한'은 이상(異常)한이 아니라 이상(理想)한입니다. 임진왜란이라는 큰 어려움 속에서도 이상(理想)을 실현한 이순신. 그가 현대인들에게 전해줄 메시지를 찾아 롤 모델과 멘토의 입장에서 이 책을 만들었습니다.

또한 이 책은 15개의 에피소드를 소재로 구성되어 있으며, 매 에피소드는 다음과 같은 내용을 담고 있습니다.
첫 번째, 우리의 가슴에 와 닿는 삽화와 그에 어울리는 카피를 제시.
두 번째, 이순신의 생애 중 귀감이 되는 내용을 선정.

세 번째, 이순신의 역사적 사실을 확인하고, 자신을 돌아보게 하는 한 줄의 질문 제시.

네 번째, 이순신의 이야기를 재조명하여, 지금 우리가 처한 문제와 난제를 해결하고 미래의 우리들에게 올바른 방향을 제시.

다섯 번째, 독자에게 동기부여를 통한 역량강화로 어려운 현실을 극복할 수 있도록 짧은 글과 이순신의 어록을 병기.

「이상한 이순신」은 이순신과 관련된 역사적 사실과 현재의 우리가 처한 문제 또는 위기를 그림과 카피를 통해 일목요연(一目瞭然)하게 보여 줍니다.

★ 이런 사람들게 읽혀졌으면 합니다. ★

1. 역사에 흥미를 느끼고 싶은 사람

2. 책 읽는 습관을 갖고 싶은 사람

3. 존경하는 역사 인물을 찾고 있는 사람

4. 훌륭한 리더가 되고 싶은 사람

5. 조직을 관리하고 성장시켜야 할 사람

6. 자기계발과 위기관리에 관심이 있는 사람

7. 자신감과 자존감을 키우고 싶은 사람

이 책을 통해서 과거의 역사적 사실을 재조명하고, 현재의 냉혹한 현실을 살피고, 불확실한 미래를 전망하고 대비할 수 있는 기회가 되기를 바랍니다.

정유년 새해를 시작하며
(주)이순신과 사람들 연구실에서...

들어가면서
머리말

1장

포기하는 것을 포기하라

신에게는 아직..
~때문에
실패에는 다음이 있지만 포기에는 다음이 없다.

명량

포기하는 것을
포기하라

신에게는 아직...

칠천량 해전에서 조선수군이 전멸되었다는 소식을 듣고 어찌할 바를 몰라 이순신에게 달려온 권율 장군.

"어찌하면 좋겠소?"

"제가 현장을 둘러보고 대책을 구해보겠습니다."

백의종군 중이라 책임질 일이 없었던 이순신이지만 그 날로 수군 재건을 위한 길을 떠난다.

다시 삼도수군통제사로 임명되어 수군 재건에 온 힘을 다하는 이순신에게 임금의 명령이 도착했다.

"수군을 폐하고 육지로 올라와 권율을 도와 싸우라"

비록 임금의 명령이지만, 그는 수군을 포기하라는 명령을 거부하는 장계를 올린다.

"신에게는 아직도 전선 12척이 남아있습니다·····"

왜그랬을까?

그는 자신이 있어야 할 곳이 어디인지, 해야 할 일이 무엇인지 명확하게 알고 있었기에 왕명을 따를 수 없었던 것이다.

이 장계는 임금에게 믿음을 주고 스스로 결의를 다지는 다짐서였던 것이다.

이후 배설로부터 전선을 인수받고 전투준비 시간 확보를 위해 회령포 - 이진 - 어란진 - 벽파진 - 전라우수영으로 계속 진영을 옮겼다.

이 때 병사들은 칠천량 해전의 패배에 대한 트라우마에서 벗어나지 못했고 수백 척의 왜선이 몰려오고 있다는 소식에 두려움에 떨고 있었다.

이때 이순신 장군은 연설을 통해 군사들에게 목숨을 걸고 끝까지 싸울 것을 독려했다.
"죽고자하면 살 것이요 살고자하면 죽을 것이다!"
이것은 울돌목(명량)을 이용하면 왜군을 무찌를 수 있다는 자신감과 이를 실행할 용기가 있었기에 가능했다.
이는 명량해전 당일 133척의 왜선 앞에 홀로 서있을 때에도 그를 흔들림 없이 전투에 몰입할 수 있도록 했다. 그의 솔선수범하는 모습은 뒤로 물러나있던 군사들에게도 전염되어 함께 싸울 용기를 주었다.

명량해전의 승리는 기적이 아니라 포기하는 것을 포기하는 리더의 긍정적인 생각과 이를 실천하는 실행력이 어우러져 이루어낸 결과이다.

바다에서 싸우는 수군을 폐하고 육지에서 싸우라는 왕명을 거부하고, 힘든 길을 스스로 택한 것은 자신의 안위보다는 나라와 백성을 지키겠다는 마음이 더 컸었기 때문이다.
왕명이라고 무조건 따랐어도 책임질 일도 없고, 누구도 뭐라할 사람이 없었는데...

정말 이상을 실현한 이상(理想)한 이순신이다.

~때문에...

실수를 하거나 결과가 나쁘면 습관적으로 하는 말
~ 때문에, 그때 그랬더라면~
많은 사람들이 실패할 수 밖에 없었던 이유를 찾아 자신을 합리화하고 위로하는데 에너지를 쏟는다. 이런다고 무엇이 달라질까?

"말이 씨가 된다"는 우리 선조들의 교훈은 여러 실험을 통해 과학적으로 증명되었다(골렘효과[1], 피그말리온효과[2]). 긍정적으로 사는 사람은 인생이 놀이터이지만, 부정적으로 사는 사람은 인생이 극기훈련장이다. 어떻게 생각하느냐에 따라 자신이 만든 미래를 만난다.

2016년 브라질의 리오올림픽 남자펜싱 에페종목 결승에서 박상영선수가 무대에 섰다. 3피리어드가 진행될 때 10:14로 지고있었다. 동시타도 인정되는 에페종목의 특성상 승리는 생각할 수 없었다. 그때 관중석 어디선가 들려온 소리 "할 수 있다!". 이 소리를 들은 박상영은 스스로 "할 수 있다!"를 되뇌이며 끝까지 한걸음 한걸음 나아갔고 마침내 기적같은 승리를 따내며 금메달을 목에 걸었다.

끝까지 포기하지 않고 스스로 긍정적인 에너지를
발산하며 목표를 이뤄낸 사례이다.

1) 자기실현적 예언의 한 종류로 기대 수준이 낮으면 성취도도 낮아지는 현상을 말한다.
2) 간절히 원하면 그 바람이 현실로 성취될 수 있다는 것

실패에는 다음이 있지만
포기에는 다음이 없다

과거에 좀 더
노력하지 못해
이루지 못한 일이 있다면,
무엇인가?

今臣戰船 尚有十二 出死力拒戰 則猶可爲也

금 신 전 선　상 유 십 이　출 사 력 거 전　즉 유 가 위 야

신에게는 아직도 12척의 전선이 있습니다.
죽을 힘을 다해 싸운다면 한 번 해 볼만합니다.

출처: 이충무공전서 권 9행록

必死則生 必生則死 一夫當逕 足懼千夫

필 사 즉 생　필 생 즉 사　일 부 당 경　족 구 천 부

죽고자 하면 살 것이고 살고자 하면 죽을 것이다.
한사람이 좁은 길목을 지키면 천 명의 군사도 두렵게 할 수 있다.

출처: 이충무공전서 권 9행록

2장

완벽한 준비를 추구하는 사람이 평생할 수 없는 것은?

무패 신화의 비밀...
우물쭈물하다...
100번의 망설임보다 1번의 실행이 이긴다.

타이밍

완벽한 준비를
추구하는 사람이
평생할 수 없는
것은?

—

시작(始作)!

무패 신화의 비밀...

이순신 장군하면 떠오르는 숫자 23전 23승!

임진왜란 당시 전투 횟수는 학자들마다 해석의 차이가 있지만, 전체 전투를 49회로 분류했을 때, 이순신이 지휘한 전투는 45회이다.

몇 번 싸워 몇 번 이겼는가를 세는 것은 중요한 부분이 아니다. 역사적 사실은 7년 간의 전투에서 이순신은 단 한번도 패하지 않았다는 것이다. 과연 그는 어떻게 무패의 신화를 이룰 수 있었을까?

우리는 흔히 조선 수군이 열세한 전력이었지만 이순신의 뛰어난 전술과 전략으로 승리를 얻었다고 생각한다. 하지만 전쟁 초기에 벌어진 전투를 살펴보면 조선수군이 우세한 전력이었음을 알 수 있다.

해전명(전선 수, 조선:왜)		
옥포 해전(91:30)	합포 해전(91:5)	적진포 해전(91:3)
사천 해전(26:13)	당포 해전(26:21)	당항포 해전(51:30)
율포 해전(51:7)	한산도 해전(54:73)	안골포 해전(54:42)

조선 수군이 한 번도 지지않고 연전연승할 수 있었던 비결은 이길 수 있을 경우에만 전투를 벌인 선승구전(先勝求戰)의 결과다. 이순신장군의 전투패턴은 싸울 장소, 때 그리고 방법을 사전에 결정하고 전쟁에 임했다. 이것이 선승구전의 핵심요소이다.

1) 학자에 따라서 임진왜란 당시 전투횟수는 최대 49회라는 의견도 있다.
   이 때 이순신이 지휘한 전투는 45회라고 한다.

전투에 나갈 때를 결정하기 위해 이순신은 항상 전투선보다 많은 정찰선을 운용했고, 왜 수군이 다니는 바다를 내려다 볼 수 있는 봉우리에 정찰부대를 운용했다. 여기에 더해 백성들이 보고 들은 정보를 알려주었다. 그는 이와 같은 많은 정보를 바탕으로 나갈 때를 결정했다. 때를 결정하는 것이 바로 리더 이순신의 몫이었다.

이순신은 연전연승 중에도 다음 전투를 위해 적절한 시기에 전라좌수영으로 돌아와 군사들에게 휴식을 취하게 하고 군량미, 화약, 화포, 전선 수리 등을 하였다. 눈앞의 전공에 연연하지 않고 물러설 때를 정한 것이다.

"2보 전진을 위한 1보 후퇴"라는 말이 있다. 나갈 때가 있으면 물러설 때도 있어야 한다는 말이다. 성공이 계속되는 것만큼 나쁜 것도 없다. 왜냐하면 자신도 모르게 자만에 빠지고 근거 없는 낙관주의에 빠져 주변 환경의 변화를 제대로 읽지 못하고, 조직의 상태도 제대로 파악하지 못하며, 모든 것이 장밋빛으로 물든 미래를 상상하다 무리수를 두어 실패하는 경우가 종종 발생한다. 성공의 가도를 달릴수록 리더는 자신과 주변 환경을 둘러보고 다음을 준비할 수 있는 숨 고르는 시간이 필요하다.

가위 바위 보 게임을 45번해서 한 번도 지지않을 수 있습니까?
이순신은 전투에서 그 기록을 세웠습니다.

정말 이상(理想)한 이순신이다.

우물쭈물하다...

쇼펜하우어의 묘비에 새겨진 문구, "우물쭈물하다가 내 이럴 줄 알았지!"

이 글은 선택의 기로에서 적절한 결단을 하지 못하고 시간을 보내다 생을 마감하게 되어 아무것도 하지 못한 것에 대한 아쉬움이 담겨있다.

선택의 순간에 어느 것을 선택할지 결심하지 못하는 사람들을 '결정장애증후군'이 있다고 한다. 대표적인 인물이 '죽느냐 사느냐 그것이 문제로다!'라는 독백으로 유명한 '햄릿'이다. 이것이 햄릿만의 문제일까? 아니다 현대인들도 늘 선택의 갈림길에서 고민한다. 아침 출근길에 내 차를 가지고 나갈지 대중교통을 이용할지, 점심은 같이 먹을지 혼자 먹을지 등등.

자신의 결정이 잘못된 결과로 나타나면 사람들은 '머피의 법칙'이라고 핑계대며 운이 없음을 탓한다. 개인적인 문제라면 선택의 결과가 어찌되었던 애교로 받아들일 수 있지만 이것이 조직을 이끄는 리더의

문제라면 이야기는 달라진다.

리더의 선택은 한 조직의 생사가 달려있는 문제이기 때문에 리더는
정보와 분석을 바탕으로 미래를 예측한 후 가장 적합한 길을 선택해야
한다. 선택이란 리더 고유의 권한이면서 책무이기 때문이다.

그렇기에 리더는 끊임없이 생각하고, 합리적인 결정을 내리고, 결과
에 대해 책임을 지는 압박감을 이겨내야 하는 자리이다. 그 무게를 이
겨내지 못하거나, 우물쭈물 선택을 하지 못하거나, 결과에 책임을 지지
못하는 자라면 결코 리더가 되어서는 안 된다.

이순신이라면 이럴 때 어떻게 했을까...

100번의 망설임보다
1번의 실행이 이긴다

지금 당장,
무슨 소원이든지 딱 한 가지
이룰 수 있다면,
무엇인가?

早潮已退 鉅艦難進於淺港

조 조 이 퇴 거 함 난 진 어 천 항

洋北誘之 擊於大洋 則可以剿之

양 배 유 지 격 어 대 양 즉 가 이 초 지

아침조수가 빠졌으니 큰 배가 얕은 항구로 진입하기 어렵다
거짓으로 패한 척하고 유인해서 큰 바다에서 공격한다면 섬멸할 수 있다.

출처: 이충무공행장, 사천해전에서 장수들에게

此地海隘港淺 不足以用武 欲誘致大海而破之

차 지 해 애 항 천 부 족 이 용 무 욕 유 치 대 해 이 파 지

이곳은 바다가 좁고 항구가 얕아서 싸울만한 곳이 못되니
큰 바다로 유인해서 섬멸해야겠다.

출처: 이충무공전서 권 9행록 한산해전을 앞두고

3장

목숨보다 중요한 것에 목숨을 걸어라

적을 살려 보낼 수 없다...
적당히...
더 소중한 가치에 자신의 전부를 쏟아라.

노량

목숨보다
중요한 것에
목숨을 걸어라

지금은 전투가 급하니
나의 죽음을 알리지 마라

적을 살려 보낼 수 없다...

1598년 8월 18일 토요토미 히데요시가 사망하자, 왜군은 본국으로 철수하라는 철수 명령을 내린다. 이때 순천 예교성에 주둔하고 있던 고니시도 철수하려 했지만 순천 앞바다가 이순신에 의해 봉쇄되어 오도 가도 못하는 신세가 되었다.

한편 왜로부터 뇌물을 받은 명나라 진린 장군은 이순신에게 왜가 도망갈 퇴로를 열어주자는 뜻을 비쳤으나 "대장으로서 화친을 말할 수 없을뿐더러, 이 원수는 놓아 보낼 수 없소!"라는 대답을 듣는다. 이에 왜군은 직접 이순신에게 찾아와 총과 칼 등을 선물하였지만 "임진년 이래로 적을 무수히 사로잡아 총과 칼을 얻은 것이 산만큼 쌓였는데, 여기는 무얼 하러 왔단 말이냐!"하며 그들을 야단치며 물리쳤다.

계속된 이순신의 반대에 화가 난 진린은 "우리 황제께서 내게 긴 칼을 주셨오"라며 위협을 가했다. 하지만 이순신은 "한 번 죽는 것은 아깝지 아니하오, 나는 대장이 되어 결코 적을 내버리고 우리 백성을 죽일 수는 없소"라며 당당하게 맞섰다.

도망갈 퇴로를 얻는데 실패한 왜는 또다시 진린에게 뇌물을 주며 연락선 한 척만 통과시켜 달라는 청을 하였고 진린은 이를 대수롭지 않게 생각하고 부탁을 들어주었다.
11월 17일 진린이 통과시킨 왜선 한 척이 남해로 가는 것을 조선 수군이 한산도 앞바다까지 쫓아갔으나 잡지 못하고 진영으로 돌아와 이를 이순신에게 보고했다.

　이 보고를 받은 이순신은 순천 앞바다에 계속있다가는 남해에서 몰려올 왜군에게 협공을 받을 위험이 크다고 판단하여 18일 어두울 무렵, 전 함대를 이끌고 남해 방면으로 이동했다. 그날 자정 이순신은 홀로 뱃머리에 나와 무릎을 꿇고 하늘에 간절하게 소원을 빌었다.

　"이 원수를 무찌를 수 있다면 죽어도 한이 없겠습니다."

　임진왜란이후 지금까지 이순신은 나라가 풍전등화의 위기에 처했을 때마다 바다에서 나라를 구했다.
　지금 이 순간 본국으로 철수하겠다는 왜적과 적당히 싸우는 시늉만 내다가 피해없이 전투를 끝내도 누가 뭐라할 사람이 있겠는가? 하지만 그에게는 단 한 명의 원수도 살려보낼 수 없다는 생각만 있을 뿐이 전쟁을 적당히 끝낼 생각은 추호도 없었다.
　이 얼마나 간절한 소망인가?

　19일 새벽. 남해로부터 몰려온 왜선 500여 척과 만났다. 아침까지 이어진 전투에서 이순신은 "단 한 척의 왜선도 돌려보낼 수 없다!"는 신념으로 직접 선두에 서서 함대를 지휘했다. 전투가 막바지에 이를즈음 왜군이 쏜 총탄이 그의 가슴을 관통했다. 전사다.
　전사 직전 그가 남긴 말.
　"지금 싸움이 한창 급하니, 내가 죽었다는 말을 하지 마라!"

이순신에게는 목숨보다 중요했던 것이 있었다.
그것은 나라와 백성의 안위였다...

명나라 진린장군의 청탁을 들어주었다면, 힘들여 싸우지 않고 전쟁을 끝낼 수 있었는데, 그것을 거절한 이유는 나라에 대한 충성과 백성의 원한을 외면할 수 없었기 때문이다.

개인의 영화보다 정의를 선택한
이상(理想)한 이순신이다.

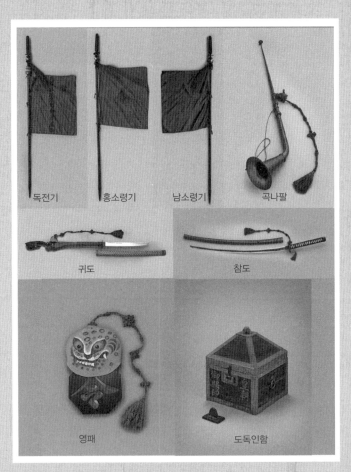

독전기　　홍소령기　　남소령기　　곡나팔

귀도　　　　　　　　참도

영패　　　　　　　　도독인함

▲ 명조 팔사품

적당히...

미국 39대 대통령 지미 카터가 해군 대위시절, 원자력 잠수함 요원을 선발하는 면접에 응시했다. 당시 면접관은 미국 역사상 가장 오랜 기간 동안 현역 해군제독으로 근무하며 원자력 잠수함의 아버지라고 불린 리코버(Rickover) 대령이었다. 그는 카터에게 해군사관학교 시절의 성적을 물어봤다. 카터는 자신있게 대답했다. "820명 중 59등을 했습니다" 이에 그는 다시 "최선을 다했는가?"라고 물었다. "그렇습니다"라고 대답한 카터는 잠시 생각하더니 "항상 최선을 다하지는 않은 것 같습니다"라고 대답했다. 잠시 후 면접관인 리코버는 카터의 인생에서 절대 잊을 수 없는 질문을 던졌다.

"왜 최선을 다하지 않았는가?(Why not?)"
이 질문이 카터 인생의 가치관으로 자리잡게 되었다.
　　〈최선을 다하는 삶(Why not the best)〉 중에서

각종 뉴스에 공사 중이던 다리가 붕괴되고, 수리하던 유해물질 보관 탱크에서 가스가 유출되는 등 우리 주변에서 대형 사고가 일어났다는

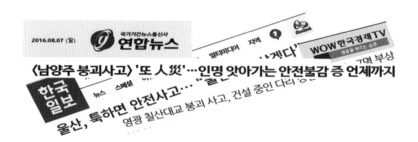

소식을 자주 접한다. 이런 사고 이유는 주어진 절차를 준수하지 않고 늘 이렇게 했으니까... 이 정도는 괜찮겠지... 빨리 빨리... 등의 이유로 원칙을 지키지 않고 안전불감증에서 적당주의가 부른 인재다.

공사 책임자들이 자신의 목숨보다 더 중요하게 여겨야 할 것은 자신의 안전과 이용자들의 안전 즉 모두의 안전이다.

영화 '우생순'

올림픽에서 활약한 여자핸드볼 선수들의 투혼을 그린 영화다. 이 영화의 주인공들은 2004년 아테네올림픽에서 거구의 덴마크 선수를 상대로 두 차례 연장전까지 펼쳤지만 아쉽게 은메달에 머물렀다. 하지만 국민들은 이들에게 금메달 이상의 열렬한 격려를 보냈다. 그들의 핸드볼에 대한 사랑, 끝까지 포기하지 않는 열정, 경기장 안에서 마지막 땀 한방울까지 쏟아 부은 진정성이 전달되었기 때문이다.

차선이 아닌 최선은
가장 소중한 것과도 바꿀 수 있어야 한다.

더 소중한 가치에
자신의 전부를 쏟아라

목숨을 걸고
이루어내고 싶거나
해야 할 일이 있다면,
무엇인가?

將不可言和 讎不可縱遣

장 불 가 언 화 　 수 불 가 종 견

장수는 화친을 말할 수 없소, 원수는 놓아 보내줄 수 없소

출처: 이충무공전서 권 9행록

此讎若除 死則無憾

차 수 약 제 　 사 즉 무 감

이 원수를 무찌를 수 있다면 죽어도 한이 없겠습니다

출처: 이충무공전서 권 9행록

戰方急 愼勿言我死

전 방 급 　 신 물 언 아 사

싸움이 한창 급박하다. 내가 죽었다는 말을 하지 말라

출처: 이충무공전서 권 9행록

4장

9(아홉)이냐? ㅋ(아홉)냐? 당신의 선택은...

실패에 좌절하지 않고...
해보기는 해봤어?
산 정상은 내가 올라간 만큼 내려온다.

무과 재수

9(아홉)이냐?
9(아휴)냐?
당신의 선택은...

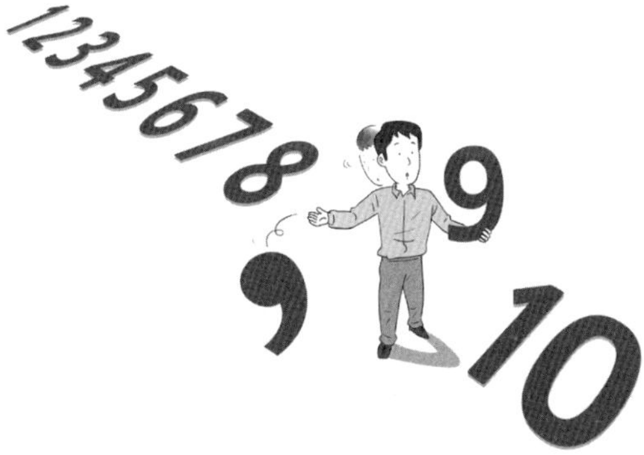
12345678
,
9
10

실패에 좌절하지 않고...

　어린 시절 이순신은 형을 따라 서당을 다니며 글공부를 하며 문인의 길을 준비하였다. 문인의 길을 준비 중이던 그는 22살이 되던 해에 무인 출신으로 보성군수를 지낸 장인 방진의 영향을 받아 무인의 길로 진로를 바꾼다. 무인의 길로 들어설 때, 그는 이미 결혼을 하여 아들까지 둔 한 집안의 가장이었다. 가족을 부양해야 하는 그가 온전히 무술연마에 집중할 수 있었던 것은 재력을 갖추고 아낌없이 뒷바라지해 준 장인이 있었기에 가능했다.

　무인의 길로 들어선 6년 뒤, 1572년 이순신은 처음으로 과거[1]에 응시했다. 시험을 보던 중 달리던 말에서 떨어져 왼쪽 정강이가 부러지는 부상을 당했다. 하지만 버드나무 가지로 부러진 다리를 묶고 끝까지 시험을 치렀지만, 안타깝고 허망하게 낙방을 했다. 혼신의 노력에도 낙방한 이순신. 6년 동안 쏟아 부은 노력이 한순간에 물거품이 되는 순간이었다.

1) 성적 순으로 갑과(3명), 을과(5명), 병과(20명) 총 28명을 선발했다.
　당시, 동점자가 있어서 29명 선발

그에게는 계속해서 무인의 길로 갈 것인가 말 것인가 선택의 갈림길에서 주저하지 않고 무인의 길로 가는 것을 선택했다. 당신이라면 이럴 때 어떤 선택을 하겠는가?

첫 번째 과거에서 낙방한 이순신은 또다시 4년의 준비를 거쳐 1576년 두 번째로 무과에 응시하여 병과 4인, 전체 합격자 29명 중 12등의 성적으로 합격하였다.

"해가 뜨기 직전의 새벽이 가장 어둡다"
큰 목표를 달성하기 위해서는 직전 한계치에 다다를 때를 잘 이겨내야 하는 것이다. 만약 그가 첫 번째 과거에서 떨어졌을 때, 좌절감을 극복하지 못하고 다른 선택을 했다면 무인 이순신은 결코 탄생하지 않았고 국가적 위기였던 임진왜란의 역사도 다르게 기록되었을 것이다.

이순신이 작성한 사명서

"사내대장부로 세상에 태어나 쓰임을 받으면 목숨을 다해 최선을 다하고 쓰임을 받지 못하면 밭을 갈면서 생활하면 된다. 권세에 아첨하여 허황된 영화를 탐하는 것은 내가 부끄럽게 생각하는 바이다."

이 사명서는 무인의 길을 준비하던 이순신이 과거 합격 후 앞으로 공직생활에서 어떤 자세로 임할 것인가를 다짐한 내용이다. 이 사명서로 인해 공직생활 중 한계에 도달하거나 부당한 외압을 받았을 때, 자신을 굳건하게 잡아주고 흔들림 없이 바른 길을 갈 수 있었다.

바른 원칙을 세운 이순신은 관직 생활 내내 수많은 고난 속에서도 결코 포기하지 않고 자신이 세운 원칙을 스스로 실천하였다.

정도를 선택하고, 수많은 외압과 유혹 속에서도
바른 원칙을 몸소 실천한
이상(理想)한 이순신이다.

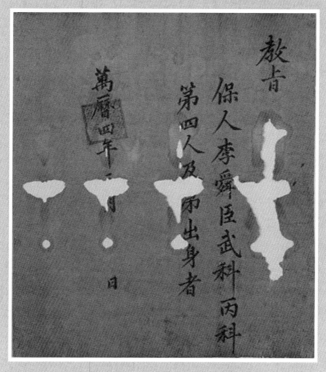

▲ 합격자는 갑과 3명, 을과 5명, 병과 20명 등 28명을 선발.
이들은 성적에 따라 최초 관직 품계에 차등을 두었다.
이순신은 총29명(당시 동점자 발생 추정) 중 12등의 성적으로 합격하였다.

해보기는 해봤어?

캥거루족, 니트족, 취포자

취업을 포기하고 부모에 붙어서 사는 사람들을 일컫는 말이다. 일자리가 줄어들거나 없어지는 요즘 취업을 포기하는 사람이 계속 증가하고 있다. 하지만 취업을 포기한다고 문제가 해결되지는 않는다.

해가 지면 별이 뜬다. 지금 깜깜한 밤이라면 별을 딸 수 있는 기회다. 오히려 끝없는 도전을 할 때가 온 것이다.

영국의 정치가 윈스턴 처칠은 옥스퍼드대학 졸업식 축사를 하게 되었다. 단상에 올라가 잠시 침묵을 지키던 그는 "포기하지 마라(Never give up)" 이렇게 말하고 천천히 청중을 둘러봤다. 청중이 다음 말은 무엇일까 기대하고 있을 때 "절대로 절대로 포기하지 마라(Never never give up)" 이렇게 말하고 단상을 내려왔다.

2차 세계대전 때 궁지에 몰렸던 영국이 독일에게 승리할 수 있었던 것은 런던이 공습을 당하는 최악의 순간에도 승리에 대한 열망을 포기하지 않았던 지도부와 국민들의 신념이었다.

80년대 초 충남 서산에 대규모 간척지를 만들려던 방조제 공사가 있었다. 전체 6,400m 중 마지막 270m만 메우면 되었지만 막바지에 공사가 난관에 봉착했다. 초속 8m의 빠른 물살로 인해 아무리 큰 바위덩어리를 쏟아 부어도 순식간에 쓸려 내려갔다. 거대한 자연의 힘 앞에선 인간의 무기력함에 모두 허탈함이 몰려왔다.

마지막 단추를 어떻게 끼워야할지 고민하던 중 정주영 회장의 머릿
속에 번갯불처럼 번쩍이는 아이디어가 떠올랐다.

"대형 폐유조선을 이용해 물살을 막고 공사를 진행하면 되겠다."

그는 울산에 정박시켜 놓고 있던 폐유조선을 서둘러 서산으로 이동
시킨 후 배에 물을 채워 아직 막지 못한 방조제 틈을 막았다. 이른바
'정주영공법'이 탄생하는 순간이었다. 이후 공사는 빠르게 진행되어
공사기간은 3년이 단축되고, 공사비는 290여억 원이 절감되었다. 이
소식은 뉴스가 되어 미국 뉴스위크와 뉴욕타임즈에 소개되기도 했으
며, 외국 유수의 회사들의 문의가 끊이지 않았다.

'어렵다', '불가능하다'라는 말을 입버릇처럼 하는 직원들에게 정회장이 즐겨 사용하던 말.

"해보기는 해봤어?"

이것은 포기하지 말자는 의지의 표현이었을 것이다. 서산 방조제 공사도 모두 불가능하다고 포기하려는 마지막 한계점에서 해보자는 열정과 신념을 가지고 포기하지 않고 방법을 찾았던 결과였다.

터널이 뚫리는 것은 마지막 곡괭이질이다.

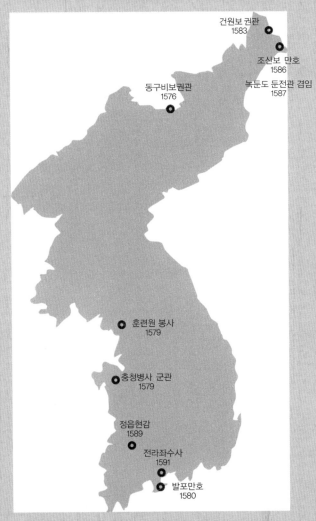

건원보 권관
1583

조산보 만호
1586

녹둔도 둔전관 겸임
1587

동구비보권관
1576

훈련원 봉사
1579

충청병사 군관
1579

정읍현감
1589

전라좌수사
1591

발포만호
1580

▲이순신 관직

산 정상은
내가 올라간 만큼 내려온다,
성공할 때까지
계속하면 누구나 성공한다

한 시간 후 지구의 종말이
온다는 사실을
방금 알게 되었다면,
제일 먼저 할 일은 무엇인가?

丈夫生世 用則效死以忠 不用則耕野足矣

장 부 생 세 용 즉 효 사 이 충 불 용 즉 경 야 족 의

대장부로 태어나 나라의 쓰임을 받으면 목숨을 바쳐 충성을
다하고 써주지 않으면 야인이 되어 밭을 갈면 족하지 않겠는가

출처: 이충무공전서 권 9행록

5장

준비는 보험이다

준비하고 또 준비하라...
미리 준비하는 것...
유비무환! " 나는 아니겠지..."라는 생각을 버리는 것부터다.

유비무환

준비는
보험이다

준비하고 또 준비하라...

　임진왜란 발발 약 14개월 전, 전라좌수사로 부임한 이순신은 머지않아 나라에 큰 위기가 있을 것을 직감하였다. 그는 예하 부대를 직접 돌아보며 꼼꼼한 전투준비에 할 수 있는 모든 노력을 기울였다. 심지어 산 정상에 있는 봉수대까지 직접 올라가 확인하는 치밀함을 보였다.

> 방답(여수 돌산읍)의 전선을 관리하는 군관들과 각 고을의 벼슬아치와 색리 등이 전선을 수리하지 않았기에 곤장을 쳤다.
>
> 난중일기 1592. 1. 16

> 북봉의 봉수대 쌓는 현장에 올라 보니 쌓은 것이 아주 좋아 무너질 염려가 없다.
>
> 난중일기 1592. 2. 4

> 전쟁 준비에 여기 저기 미흡한 곳이 많아 군관과 관료들에게 벌을 주었다.
>
> 난중일기 1592. 2. 25

　이러한 노력의 결과로 전라좌수군의 전투준비 상태는 점점 완성도를 높여갔다. 그는 군관 나대용을 전선 건조 책임자로 임명하고 거북선 등 전선 건조에 박차를 가했다. 이는 거북선이 해전에서 유용하게 사용될 것이라는 확신이 있었기 때문이다. 이런 가운데 가장 돋보이는 부분은 바로 거북선 건조이다.

> 이날 거북선에 쓸 돛베 29필을 받았다.
>
> 난중일기 1592. 2. 8

> 밥을 먹은 뒤에 배를 타고 거북선에서 지자포와 현자포를 쏘았다.
> 난중일기 1592. 4. 12 난중일기 1592. 2. 8

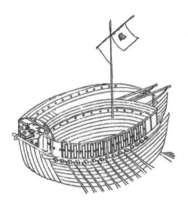

거북선.

임진왜란 초기 전라좌수영에는 거북선 한 척이 있었다. 그마저도 준비가 미흡하여 첫 전투에는 참가하지 못하고 두 번째 출정인 사천해전부터 전투에 참가한다. 거북선은 전투 초기에 적진 한복판으로 들어가 대장선을 공격하여, 초전에 승기를 잡는 중요한 역할을 하는 돌격선이었다. 그 숫자는 적었지만...

이후 이순신의 전라좌수군은 임진왜란 동안 무패의 신화를 쌓아갔는데, 이는 임진왜란이 일어나기 전부터 위기에 대비한 유비무환의 정신이 이루어낸 성과이다.

보이지 않는 미래의 위기를 보이는 것처럼 대비한
이상(理想)한 이순신이다.

미리 준비하는 것...

통계자료에 따르면 한국의 자동차 보급률은 대략 1가구당 1대다(1대당 인구는 2.77명, 2012년 통계청).

세계 15위권의 자동차 보급률과 더불어 자동차보험 가입도 매년 5%대의 꾸준한 성장을 보이고 있다. 보험료는 가입 기간에 아무런 사고를 당하지 않으면 납입한 돈은 돌려받지 못하는 소멸성 돈이다. 그런데도 자동차를 보유한 사람들은 대부분 보험을 가입(책임 99%, 종합 60%대)한다. 그 이유는 사고가 났을 때 큰 도움이 되기 때문이다. 사고에 대비한 보험 가입이 곧 유비무환의 한 형태이다.

2011년 4월12일 농협중앙회에서 전산장애로 창구거래 등 전체 금융업무가 마비되는 초유의 사태가 발생했다.

조사 결과, 서버의 유지와 보수를 담당하는 용역회사 직원의 노트북을 통해 사이버테러가 발생한 것으로 밝혀졌고 고객들은 큰 손실을 보게 되었다.

이 사건으로 농협은 물론 각 기업들이 온라인 보안의 중요성을 인식하고 재발 방지를 위한 보완책을 마련하겠다고 발표했다.

하지만 2013년 3월 20일 주요 언론과 기업의 전산망이 마비되고, 다수의 컴퓨터가 악성코드에 감염되어 피해를 입는 해킹사건이 또 발생했다. 왜 이런 일이 발생했을까? 바로 돈 문제였다.

컴퓨터 시스템을 포함한 온라인 보안체계를 구축하는 데는 많은 비용이 드는데 이것을 아끼려했던 것이다. 피해 복구를 하는데 드는 비용이 보안체계를 구축하는 것보다 더 천문학적인 돈이 들어간다. 하지만 "해킹이 우리 회사에 일어날까?"하는 안일한 마음이 준비를 게을리 하게 했던 것이다. 경영흑자가 목표인 기업에서 지금 당장 경영에 위협을 주지 않는 문제에 많은 비용을 들인다는 결정을 내리기는 쉽지 않았을 것이다. 이것은 경영자들의 유비무환정신의 부재가 만들어낸 일이다.

유비무환은 "미리 준비하여 근심을 없앤다"는 뜻이다. 그렇다면 철저한 준비를 위해서는 무엇을 해야 할까? 첫 번째는 아마도 나에게는 그런 일이 일어나지 않을 것이라는 생각을 버리는 것이다. 두 번째는 나와 조직을 면밀히 분석하여 무엇을 준비해야 하는가를 찾는 것이다. 위기는 우리 주변에 늘 도사리고 있어 예고 없이 찾아오는 도둑과 같은 존재이다.

"늦었다고 생각할 때가 가장 빠른 때다"라는
말처럼 지금부터 유비무환의 자세를 갖추는 것이 중요하다.

유비무환!
"나는 아니겠지..." 라는
생각을 버리는 것부터다

철저한 사전 준비가 없어서
발생한 인재 중,
가장 컸다고 생각되는 것은
무엇인가?

上北峯築煙臺處 築處甚善 萬無頹落之理

상 북 봉 축 연 대 처   축 처 심 선   만 무 퇴 락 지 리

終日觀望 當夕下來 巡視垓坑

종 일 관 망   당 석 하 래   순 시 해 경

북봉 봉수대 쌓는 곳에 올라 보니 쌓은 것이 좋아 무너질 염려가 없다.
종일 구경하다 저녁에 내려와 해자구덩이를 살폈다.

출처: 갑오일기 2월 4일

毋狃一捷慰撫戰士 更勵舟楫爲有如可

무 뉴 일 첩 위 무 전 사   경 려 주 즙 위 유 여 가

聞變卽赴終始如一亦

문 변 즉 부 종 시 여 일 역

한번 이겼다 하여 소홀히 생각하지 말고 위무하고 다시 정비해두었다가
변보를 듣는 즉시로 출전하여 처음과 끝을 한결같이 하도록 하라

출처: 임진장초, 사변에 대비하는 일을 아뢰는 계본

6장

CEO의 눈은 두 개가 아니다

환경, 탓하지 마라...
다른 시각으로 바라보자...
제3자가 아닌 당사자의 마음으로 경영하라.

CEO
이순신

CEO의 눈은
두 개가 아니다

환경, 탓하지 마라...

　임진왜란 초기에 연전연승을 한 이순신도 고민이 있었다. 바로 군수품 지원에 대한 문제였다. 의주까지 피난을 간 임금과 조정대신들은 남해에서 고군분투하는 그에게 전투에 필요한 물품을 지원해주기는 커녕 오히려 피난지에서 쓸 쌀과 물품을 보내라는 명령을 내렸다.

> 행재소¹⁾에서 사용할 종이를 넉넉하게 올려보내라는 분부가 계시오나,
> 장계²⁾를 받들고 가는 사람이 먼 길에 무거운 짐을 가지고 갈 수
> 없으므로 우선 장지(壯紙) 10권을 올려 보냅니다.
> 　　　　　　　　 - 「임진장초」 종이를 올려 보내는 일을 아뢰는 장계 -

> 임금께서 서쪽으로 몽진³⁾하신지 벌써 6개월이 되어(중략) 군량 등
> 물품을 각각 배에 싣고 들어온 사람에게 맡겨(중략) 의연곡을 싣고
> 가는 배에 같이 실어 우선 올려 보내고......
> 　　　　　　　　 - 「임진장초」 전쟁 곡식을 실어 보내는 일을 아뢰는 장계 -

　정말 어처구니없는 일이었지만 그래도 이순신은 한 나라의 장수로서 주어진 환경을 원망하지 않고 효과적인 경영을 위한 다양한 방법을 강구했다.

　먼저 군사들을 먹일 군량미 확보에 총력을 기울였는데, 돌산도 등에 둔전을 경작하여 수확한 곡식 일부를 군량미로 거둬들였고, 군사들이 바다에 나가 잡은 물고기와 진영에서 만든 소금을 장에 내다팔아 곡식과 바꾸는 등 다양한 방법을 이용하여 군량미를 확보하였다.

　또한 수군의 주력 무기 화포 운용을 위해서 반드시 필요한 것이 화약이었는데, 조정은 피난살이로 인해 제때에 화약을 공급하지 못했다.

당시 화약의 제조기법은 국가 기밀로 되어있어 일부 기술자들만이 알고 있었기 때문에 이순신은 더욱 난감했다. 이에 그는 군관 '이봉수'에게 실패 하더라도 괜찮으니 화약제조법을 알아내도록 하였고 마침내 그는 제조법을 알아내어 자체적으로 화약을 만들었다.

그 후 화포와 포환을 만들기 위해서 많은 쇠붙이가 필요했는데, 이를 확보하기 위해 일정량의 쇠붙이를 제공하는 사람에게는 군역을 면제시켜 달라는 청을 조정에 올렸으며, 시주를 나가는 승려에게까지도 시주를 쇠붙이로 받아오도록 명령하였다. 이런 노력의 결과로 이순신은 삼도수군통제사에서 파직되면서 지휘권을 '원균'에게 넘겨줄 때 인계한 군수품은, 군량미 9,914석, 화약 4,000근, 화포 300문 이었다.

만약 조정의 어떤 지원도 받지 못한 상황에서 이순신이 무책임한 방관자의 마음으로 수군을 이끌었다면 자포자기하거나 나 몰라라 했을 것이다. 하지만 그는 늘 나라와 백성을 목숨을 걸고 사랑하였기에 아무리 어려운 환경에 처하였어도 적극적이고 창조적으로 문제 해결을 했다.

국방예산 없이 나라를 지킨
이상(理想)한 이순신이다.

1) 임금이 궁을 떠나 멀리 나들이 할 때 머무르던 곳
2) 지방에 있는 신하가 자기(管下)의 중요한 일을 왕에게 보고하는 것
3) 나라에 난리(亂離)가 있어 임금이 나라 밖으로 도주(逃走)함

다른 시각으로 바라보자...

"혁신이야말로 리더와 추종자를 구분하는 잣대다."

– 혁신의 아이콘 스티브 잡스 –

조직에서 리더는 일상적인 일을 반복적으로 수행하는 사람이 아니다. 늘 창조적인 생각으로 조직을 변화시키고 다른 사람들보다 한 발 앞서서 미래를 예측하고 행동을 결정하여 추종자(팔로워)들을 이끌어야한다. 그렇기에 리더는 늘 창조적이 되어야 한다.

창조적인 조직은 과거부터 내려오던 방법에 대해 문제제기를 할 수 있어야 하고, 잘 나가는 지금의 현실에 안주하려는 안이한 생각을 버리고, 어려운 환경 속에서도 목표를 향해 끝까지 나아가는 자세가 필요하다. 이러한 조직을 만드는 것은 CEO의 창조적인 마인드에서 시작된다.

사람들은 창조는 '무에서 유'를 만들어 내는 것으로 생각하지만 현대의 창조는 '유에서 유' 즉 기존에 있는 것들을 유용하게 재결합하여 새로운 것을 만들어 내는 것이다. 어떤 사물이나 현상을 다른 사람들과 똑같이 보고 생각하면 창조적이 되기는 어렵다. 그래서 리더는 늘 다른 시각으로 관찰하고 남과 다른 생각을 해야 한다.

여기에 더해서 함께 하는 추종자들의 창의적인 생각도 적극적으로 반영될 수 있는 문화를 만들어 줘야 한다.

2010년 3월에 첫 선을 보인 카카오톡은 가입자 수 1억 명을 넘어서면서 시장을 선점했다. 처음부터 카카오톡이 인기를 끌만큼 완벽했던 것은 아니다. 부족한 출발이었지만 발전할 수 있었던 것은, 회사 내 개발자나 CEO뿐만 아니라 다양한 사용자의 창조적인 의견(6만여 건)을 적극 수렴하여 부족한 점을 개선하는 것으로 방향을 잡은 덕분이었다.

소비자나 사용자의 불만도 참신한 경영으로 받아들이고
반영하려는 마음 이것도 CEO의 덕목이며 능력이다.

제3자가 아닌
당사자의 마음으로 경영하라

좋은 리더가 되기 위해 갖
춰야 할 덕목
5가지를 꼽으라면,
무엇인가?

臣意各道避亂流移之人 旣無住着之處
신 의 각 도 피 란 류 이 지 인 기 무 주 착 지 처

又無資生之業 所見慘惻 同島招諭入接
우 무 자 생 지 업 소 견 참 측 동 도 초 수 입 접

使之合力耕作 分其一半 公私兩便
사 지 합 력 경 작 분 기 일 반 공 사 량 편

신의 소견으로는 각 도에 떠도는 피난민이 한 군데 모여 살 곳도 없고,
또 먹고 살 생업도 없어 보기에 참담하오니 이 섬에 불러들여 살게 하면서
합력하여 경작하게 하여 절반씩 갈라 가지게 한다면 함께 편리할 것입니다.

출처: 임진장초, 둔전을 설치하도록 청하는 계본

7장

열 번 찍어 안 넘어가는 나무는 나무랄 수 없다.

안 되는 것은, 안 된다.
낙하산, 갑질, 로비 공화국...
양심(兩心)으로 살지말고 양심(良心)으로 살아라.

서익청탁

열 번 찍어
안 넘어가는 나무는
나무랄 수 없다

이상(理想)을 실현한 **이상한 이순신**

안 되는 것은, 안 된다

과거 합격 후, 함경도에서 27개월 간 첫 근무를 끝낸 이순신은 훈련
원의 봉사로 발령을 받아 한성으로 돌아왔다. 봉사라는 직책은 정8품
의 말직이었지만 무관들의 인사기록을 담당하는 보직이라 영향력은 꽤
있었다. 조선의 법전인 경국대전에는 이곳 관리들이 소신껏 일할 수 있
도록 임기 2년을 보장하였는데, 이것만 보아도 이들에게 얼마나 외압이
심했는지 추정할 수 있다.

어느날, 직속 상관인 '서익'이 이순신을 호출하였다. 서익은 승진 심
사에서 자기의 지인 한 사람을 서열을 무시하고 정7품으로 승진할 수
있도록 명부에 올리라고 지시하였다. 당시에 이런 일은 흔히 있는 일
이었으며, 이순신도 모른 척 눈을 질끈 감고 청탁을 들어주었다고 해
서 비난할 사람은 아무도 없었다. 그리고 이 청탁을 들어주게되면 그
의 권세를 등에 업고 업무를 편하게 보거나 빠른 승진을 보장 받을 수
있었지만 자신의 양심이 도저히 용납되지 않았기에 그의 청탁을 거부
한다.

"아래에 있는 사람을 건너 뛰어 천거하면 당연히 천거받아야할 사람
이 천거받지 못합니다. 이는 공정하지 못하며 법에서도 바꾸지 못하도
록 되어있습니다."

이에 서익은 이순신을 뜰에 세워놓고 하루 종일 자신의 뜻을 관철시
키려 압력을 가했지만 이순신은 끝까지 뜻을 굽히지 않았다. 이 일이
알려지자 사람들은 "서익은 이순신의 직속상관이면서도 그에게 굴복

하였다"라며 서익의 행동을 조롱하였다.

또 병조판서 김귀영이 자신의 서녀를 이순신에게 첩으로 보내려고 중매장이를 보냈다. 요즘으로 말하면 국방부 장관의 사위가 되는 것이었지만 이순신은 "벼슬길에 갓 나온 내가 어찌 권세있는 집에 발을 디뎌 놓고 출세하기를 도모하겠느냐!"라며 중매장이를 그냥 돌려보냈다.

권세에 아부하지않고 바른길을 가는 이순신의 행동은 관직생활을 하는 공직자들에게 귀감이 되는 것이었다. 하지만 부패가 팽배해있던 그 당시에는 그의 행동이 부담스러웠는지 2년의 임기가 보장된 봉사 자리에서 8개월 만에 충청병사의 군관으로 발령이 났다.

이순신이 서익의 청탁을 받아들이거나 병조판서 김귀영의 혼인 제의를 받아들였다면, 당장은 호사를 누릴 수 있었을 것이다. 하지만 "안 되는 것은, 안 된다"고 말하며 바른 정도를 걸었기에 오늘날까지 우리 국민들의 마음에 위인으로 존경받고 있다.

모두가 비굴하게 'Yes'라고 할 때, 당당하게 "No'라고 말한
이상(理想)한 이순신이다.

낙하산, 갑질, 로비 공화국...

낙하산 인사, 갑의 횡포, 로비스트, 땅콩회항, 주차장 모녀, 스폰서 검사...

이들의 공통점은 무엇일까? 창피한 것을 모른다.

"위에서 하라면 하지 무슨 말이 많아."
"네가 사장이야? 머슴이, 내가 시키는데!"
"윗분의 의도가 이러하니 알아서들 잘 하세요."
이런 이야기를 하는 사람들은 누구일까?

바로 낙하산으로 자리를 얻은 사람의 윗사람 눈치 보기, 영향력이나 재력을 가졌다고 생각하는 사람들의 갑질, 권력을 등에 업고 누군가에게 영향력을 행사하려는 로비스트 등 자칭 힘을 가졌다고 생각하는 사람들을 가리키는 말이다. 그들이 보이는 행태는 대부분 유사하다. 법규를 뛰어넘는 초법적인 행동을 해도 창피한 것을 모르고 당연한 권리로 착각하고 있다. 그 이면에는 "너희들이 감히 나를……"이라는 현대판 계급의식도 깔려있다.

물론 이런 갑질은 이 사회에서 영원히 추방되어야 하지만 다른 관점에서 생각해보면 이러한 현상이 벌어지는 이유는 힘을 가진 자만의 잘못으로 돌리기에는 부족한 부분이 있다. 이들의 잘못된 생각에 대하여 권력을 가진 자이기 때문에 무조건 "예스!"를 하며 자신도 뭔가 이득을 얻으려는 사람들의 잘못도 있다.

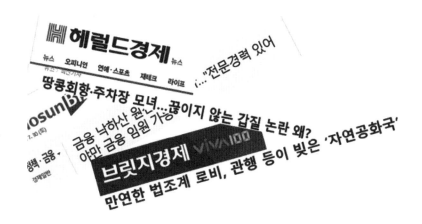

자신만의 이익을 위해 안 되는 것을 "안 된다!"라고 말 못하고 부당한 권력에 동참하는 파렴치한 사람들로 인해 사회는 썩은 고인물이 되고 서서히 병들어 간다. 부당함 앞에 타협하는 것이 당장은 자신에게 이익이 되는 듯 하지만 결국 부메랑이 되어 그 피해는 고스란히 자신과 주변 사람들에게 돌아오는 악순환이 계속된다.

불의에 당당하게 맞선 일들이, 뉴스의 특종이나 전면에 등장하지 않고 평범한 일상이 되는 사회를 만드는 것은 부당한 일에 "No!"를 외치는 사람들이 많아져야 가능하다.

양심(兩心)으로 살지말고
양심(良心)으로 살아라

돈 보다
중요한 것 5가지는
무엇인가?

在下者越遷 則應遷者不遷,
재 하 자 월 천   즉 응 천 자 불 천

是非公也 且法不可改也
시 비 공 야   차 법 불 가 개 야

아래에 있는 사람을 건너뛰어 천거하면
당연히 천거받아야 할 사람이 천거되지 못합니다.
이는 공정하지도 못하며 또한 법으로도 바뀔 수 없습니다.
출처: 이충무공전서 권 9행록

吾初出仕路 豈宜托跡權門謀進耶
오 초 출 사 로   개 의 탁 적 권 문 모 진 야

벼슬길에 갓 나온 내가 어찌 권세있는 집에
발을 디뎌놓고 출세하기를 도모하겠느냐

출처: 이충무공전서 권 9행록

8장

눈먼 돈 + 검은 돈 = 수갑

이순신의 나랏돈 사용법
나랏돈 펑펑...
나랏돈, 내 돈이 아니다.

해미쌀

눈먼 돈 + 검은 돈
=
수갑

이순신의 나랏돈 사용법

이순신은 한성 훈련원[1] 봉사로 근무하면서 상관의 부당한 명령을 거부한 대가를 톡톡하게 치렀다. 2년의 임기가 보장되어 있었지만 8개월 만에 쫓겨났고 그후 해미에 있는 충청도 병영에서 병마절도사의 군관으로 발령을 받아 근무했다.

해미에는 가족과 함께 가지 못하고 홀로 부임했다. 그 곳에서 그가 거처하는 방에는 이불 한 채와 옷가지 몇 개가 전부였을만큼 검소하고 청빈한 생활을 했다.

당시 군관들이 출장이나 휴가를 갈 때는 여비로 곡물을 타갔다. 이순신도 근친(이충무공전서에 근친으로 기록되어 있는데, 이것은 어머니를 뵙기 위한 휴가를 간 것이다)을 갈 때 곡물을 타가지고 갔다. 하지만 그는 휴가가 끝나고 돌아왔을 때, 다른 사람들과는 다르게 사용하고 남은 곡물 전부를 담당자에게 반납했다.

당시에는 공적인 업무를 수행하기 위해 받은 곡물이 남았더라도 반납하지 않고 사사로이 쓰는 것이 일상화 되어있었다. 그런 행동이 관행이었던 시절, 휴가를 다녀온 후 남은 곡물을 반납하는 이순신의 행동은 주변 사람들에게는 이상하게 비춰졌다. 아니 오히려 그의 그런 행동을 껄끄러워했다.

1) 종8품. 무관들의 인사기록을 담당하는 업무 수행

왜 그랬을까?

이순신은 나랏돈을 개인돈으로 생각하지 않았다. 그것이 나라의 곳간에 있던, 내 주머니에 있던 변함없이 나라의 돈이라는 생각을 갖고 있었다. 나랏돈의 소중함과 정확한 용도를 알고 있었기에 그런 행동이 가능했던 것이다.

사사로운 자신의 이익을 위해서는 모든 방법을 가리지 않는 요즘. 나랏돈은 '먼저 보는 사람이 임자'라는 생각이 팽배해 있는 요즘 세상의 관점에서 본다면 이순신의 이러한 행동은, 이해하기 어려운 이상한 행동이었다. 하지만 이상을 실현하려는 이순신의 정신이 있었기에 사사로운 욕심을 버리고 위기의 순간에 나라를 구하는 위인이 되었다.

공금(公金)을 공금(空金)으로 생각하지 않은
이상(理想)한 이순신이다.

나랏돈 펑펑...

▲천고

▲회접시

▲가마솥

무게43.5t의 초대형 가마솥(지름 5.68m, 높이 2.2m), 지름 5.54m
에 무게 7t의 엄청난 크기의 북 '천고'(天鼓), 한 축제 때 만든 대형
'회 접시'(길이 5m, 너비 3.5m), 기네스 등재를 목표로 한 '최장 김밥
(1,020m) 만들기' 등등

위에 열거된 이벤트 행사는 기네스북에 등재를 목표로 하거나 누군
가의 성과를 과시하기 위해 지자체 예산을 들여 추진한 행사다. 큰 예
산을 들인 이 행사들은 소중한 예산만 낭비했다는 비난을 받으며, 시민
들의 관심에서 멀어져 애물단지로 전락했다.

또한 몇 년 전에는 한 공공방송사 사장이 해외 출장 때 가족과 함께
나가 값비싼 장소에서 함께 식사와 쇼핑을 했다는 것이 알려져 국민들
의 많은 비난을 받았다. 가족이 쓴 비용은 개인이 부담했다는 해명을
했지만, 그걸 믿어주는 사람은 없었고, 그는 결국 사퇴를 했다.

어디 이것 뿐 일까?

공무원에게 지급되는 각종 수당을 부정하게 지급받는 뉴스가 하루가 멀다 하고 보도되고 있고, 의회 의원들의 외유성 해외출장이 도마 위에 오르는 게 이제는 이상하게 느껴지지도 않는 일상이 되었다.

왜 이런 일들이 끊이지 않을까?
나랏돈의 소중함과 정확한 용도에 대한 인식이 부족해서일까?
'나랏돈은 먼저 보는 사람이 임자'라는 말이 있다. 그만큼 나랏돈은 주인이 없는 공돈이라는 인식이 우리의 무의식 속에 강하게 남아있는 것이다.
과연 나랏돈은 공돈일까?

나랏돈,
내 돈이 아니다

나의 묘비에
새겨질 비문 중
꼭 새겨 넣어야할 말은
무엇인가?

公爲忠淸兵使軍官 於所居房裏

공위충청병사군관　어소거방리

不置一物 唯衣衾而已 以覲省歸時 必籍所餘粮饌

부치일물유의금이이　이근성귀시　필적소여량찬

召主粮者還之使之 兵使聞而愛敬之

소주량자환지사지　병사문이애경지

이순신이 충청 병사 군관으로 있을 때 그가 거처하는 방에는
다른 아무것도 없고 다만 옷과 이불뿐이었다.
휴가 때면 반드시 남은 곡식을 담당자에게 돌려주니
충청병사가 듣고 경의를 표하였다.

출처: 이충무공전서 권 9행록

9장

양심은 보고 있다.

나라의 것은 사사로이 쓸 수 없다.
이기주의가 판을 친다...
사리사욕에 눈 멀면, 사리분별 못한다.

거문고 사건

양심은
보고 있다

나라의 것은 사사로이 쓸 수 없다

약 8개월의 충청병사 군관 근무가 끝난 후 이순신은 전라좌수영 예하에 있는 '발포진'의 만호로 발령을 받았다. 만호는 수군을 지휘하는 종4품 벼슬로 당시에는 종4품부터 '장군'이라는 호칭으로 불렀다. 과거에 합격하고 4년 만에 종4품으로 간 것은 대단한 고속 승진이었다.

발포 만호로 근무하던 어느 날, 전라좌수사인 '성박'이 발포진 관아 뜰에 있는 잘 자란 오동나무가 탐나 이를 베어오라고 사람을 보냈다. 성박은 그 오동나무로 거문고를 만들려는 욕심을 가지고 있었다.

관아 뜰에 있는 오동나무를 베어준다 하여도 이순신에게는 아무런 손해나 문제가 될 것이 없었다. 오히려 직속상관인 전라좌수사에게 잘 보이고 아부할 수 있는 좋은 기회였다. 잠시 모른척하고 눈 한번 질끈 감으면 모두 끝날 일이었다. 하지만 아무리 개인의 영달을 위해 눈

을 감는다 해도 마음 속 양심까지 외면할 수 없었다. 이에 전라좌수사의 심부름을 온 사람들에게 "이 오동나무는 관청 물건이며 심은지도 오래되었는데 하루아침에 베어 버릴 수는 없소"라며 허락하지 않았다. 이순신의 완고한 반대에 심부름 온 사람들은 빈손으로 전라좌수영으로 돌아갔다. 이 사건으로 전라좌수사는 크게 화를 냈다. 그후 '성박'은 어떻게 하면 이순신을 벌할 것인가를 생각하다가 인사고가평가 시 이순신을 최하위로 평가하려고 했다. 하지만 그 자리에 있던 전라병사 조방장 '조헌'이 이순신의 업무 처리 능력이 도내에서 가장 우수하다는 이유를 들어 거부하여 '성박'은 그 뜻을 이루지 못했다. 임기가 끝나 다른 곳으로 발령받아 떠나는 그는 후임 전라좌수사에게 이순신을 꼭 벌해달라고 부탁까지 하고 갔다.

왜 이순신은 자신이 불이익을 받을 수 있음에도 오동나무를 베어가는 것을 허락하지 않았을까? 그것은 나라의 것은 개인이 사사로이 쓸 수 없다는 정직한 생각을 가지고 있었기 때문이다. 개인에게 피해가 오더라도 지킬 것은 지키려는 그의 자세는 개인 이기주의, 지역 이기주의가 판을 치는 요즘 우리에게 많은 것을 생각하게 한다.

오동나무를 자신의 양심(良心)나무로 생각한
이상(理想)한 이순신이다.

이기주의가 판을 친다…

99억 원, 93억 원, 22억 원…….
어떤 돈일까?

만성적자에 시달리는 지방공항의 적자를 세금으로 매꾸는 액수다. 이런 일은 충분히 예견된 것이었다. 공항 건설안 발의 시, '지역 발전에 기여할 것이다', '관광객 유치에 도움이 될 것이다', '충분히 흑자를 낼 수 있다', '많은 일자리가 창출될 것이다' 등 장밋빛 공약이 남발되었다.

하지만 멀리 내다보지 못하고 자신의 이권과 인기에 혈안이 되어있는 영향력 있는 사람들과 공항이 들어서면 뭔가 될 것 같다는 근거 없는 낙관주의가 공항을 유치하라고 목소리를 높인 지역 주민들과 함께 만

들어낸 작품이었다.

하지만 결과는 참담했고 공항 관리를 위해 매년 수십억 원의 국가 예산이 들어가고 있는데, 그 예산은 고스란히 국민들의 세금으로 충당된다. 하지만 사람들은 이런 현상에 무덤덤하다. 모두 나라 예산에서 충당되니 나하고는 상관없다고 생각한다.

또한 매 년 국회 예산 심의 과정에서 지역 사업예산을 슬쩍 끼워 넣는 게 관행이 된 것은 이미 오래 전이다. 자신이 '흥'할 수 있다면 나라가 '망'해도 된다고 생각하는 사람들의 작태이다.

그런 사업들의 비용을 내 주머니에서 꺼내 쓰라고 한다면 그렇게 할 수 있을까? 신중에 신중을 더하고 검토에 검토를 더할 것이다.

나라의 돈이 어디서 나오는지 생각하지 않았기 때문에 이런 일들이 벌어지고 있는데, 결국 세금으로 거둬들인 돈이니 엄밀하게 말하면 그 돈은 내 주머니에서 나간 돈이다. 이것이 나랏돈을 정직하고 합당하게 써야하는 이유다.

사리사욕에 눈 멀면,
사리분별 못한다

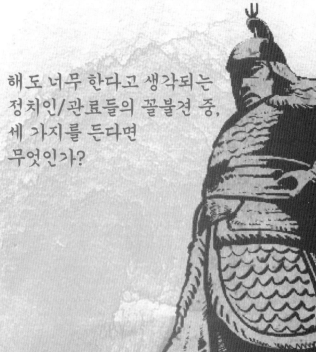

해도 너무 한다고 생각되는
정치인/관료들의 꼴불견 중,
세 가지를 든다면
무엇인가?

此官家物也 裁之有年 一朝伐之 何也

차 관 가 물 야　재 지 유 년　일 조 벌 지　하 야

이것은 관청의 물건이며 심은 지도 여러 해 되었는데
하루 아침에 그것을 베어버린다면 어찌하겠는가?

출처: 이충무공전서 권 9행록

10장

신뢰는 곱하기이다

무너진 수군을 다시 세운 힘, 신뢰
조직의 시너지를 높이는 열쇠...
무너지는 집을 지으려면 신뢰라는 재료를 빼면된다.

수군재건

신뢰는
곱하기이다

우르르르~

신라

무너진 수군을 다시 세운 힘, 신뢰

'원균'이 지휘하는 조선수군이 칠천량에서 회복 불가능한 패배를 당했다는 청천벽력 같은 비보가 '권율' 장군 밑에서 백의종군하던 이순신에게 전해졌다. 엄청난 소식에 이순신을 찾아온 '권율'도 안절부절하며 어찌할 바를 몰라 하던 차에 이순신은 그 상황에서 한탄만 하고 있을 겨를이 없어 '권율'에게 "제가 현장을 가보고 방법을 찾아보겠습니다"라고 말한다. 이 말을 남기고 그는 군관 9명과 군사 6명과 함께 남해안을 돌아보기 위해 그날로 길을 떠났다. 이후 한 달간 남해안을 돌면서 민심을 파악하고, 불안에 떠는 백성들을 격려하고, 흩어진 군사를 모으고, 관아에 남아있는 군량미와 무기 등을 거두고, 전선을 수습하는 등 다가올 전투에 대비하는 일련의 수군 재건활동을 전개했다.

길을 떠난 이순신이 가장 먼저 도착한 곳은 노량 바다였다. 그곳에 도착하자 칠천량에서 살아남은 군사들이 달려와 패전 상황을 자세히 보고하였다. 이후 전선을 살핀 이순신은 다음날 새벽까지 군관들과 함께 난국을 헤쳐 나갈 방법을 모색했다. 하지만 명령할 권한이 없는 백의종군 신분이었기에 날이 밝자 훗날을 기약하며 발걸음을 재촉하여 수군재건의 길을 떠났다.

그가 옥과(전라남도 곡성군)에 이르렀을 때 길을 가득 메운 피난민들을 만났다. 피난민을 본 그는 말에서 내려 그들의 손을 잡고 부디 몸조심하라고 타일렀다. 이런 모습을 본 많은 장정들이 "우리 사또가 다시 왔다. 이제 우리는 안 죽을 것이다. 너희들은 천천히 찾아오너라. 나는 먼저 사또를 따라 간다"는 말을 가족들에게 남기고 그 즉시 이순신을 따라 나섰다.

 낙안읍에 이르렀을 때 백성들은 5리 밖으로 나와 이순신을 반갑게 맞이하였고, 노인들은 앞을 다투어 술을 권했다. 술잔을 받지 않으려 하자 그들은 울면서 억지로 넘겨줄 정도로 환영하였다. 누구도 강요하지 않았지만 장군과 백성들 사이에 신뢰를 확인하는 모습이었다. 이렇게 한 달 동안 수군재건에 힘쓰던 이순신은 다시 삼도수군통제사로 임명되었고 그 후 회령에 도착해 칠천량에서 살아남은 판옥선 10여 척을 인계받았다.

 이순신이 수군을 재건하는 과정에서 백성들은 앞을 다투어 달려와 함께 싸우겠다고 모여들었고, 칠천량에서 살아남은 군사들은 판옥선을 끌고 회령으로 그를 찾아왔다.

 어떻게 이런 일이 일어날 수 있었을까?

이순신에 대한 백성들의 신뢰가 있었기에 가능했다. 그들은 이순신의 능력에 신뢰를 보냈고, 나라와 백성을 사랑하는 마음에 신뢰를 보냈다. '이순신과 함께'라면 어떤 상황에서도 싸워서 승리를 할 수 있다는 강한 믿음이 있었다.

리더에 대한 신뢰가 모두를 하나로 묶어 '무에서 유'를 창조하는 기적을 만들었다.

모두를 하나로 묶는 '신뢰의 끈'을 갖고 있는
이상(理想)한 이순신이다.

초계
7.17

삼가
7.18

단성
7.19

옥과
8.5~6

곡성
8.4

구례
8.3

진주
7.20 / 7.25~8.2

곤양
7.22

순천
8.8

노량
7.21

보성
8.14~16

보성 조양장
8.9~19

군영구미
8.17

회령포
8.18

▲수군재건로

이순신은 칠천량해전 패전 소식을 접하고 바로 군관 10여 명과 함께 길을 떠나 약 한 달간 남해안을 돌며 백성들을 위로하고 군사들을 모으는 여정을 하였다. 한 달 후인 8월 18일 회령에 도착하였고, 그 다음날 배설에게서 판옥선 10여 척을 인수받는다

조직의 시너지를 높이는 열쇠...

한국보건사회연구원이 보건복지포럼에서 발표한 보고서에 따르면, 대한민국 사회갈등지수는 1.043(2011년 기준)로 경제협력개발기구(OECD) 조사 대상 24개국 중 5위에 올랐다. 반면, 정부의 행정이나 제도가 갈등을 효과적으로 관리하는지를 나타내는 사회갈등 관리지수는 경제협력개발기구(OECD) 34개국 중, 27위(0.380)에 머물렀다.

출처: 사회갈등지수 국제 비교 및 경제성장에 미치는 영향 (2015.3)

이러한 지표는 우리 사회가 심각한 불신의 사회가 되었음을 말해준다. 자신의 생각과 다른 그룹의 이야기는 경청보다 반대를 위한 반대를 하는 것이 흔한 일상이 되었다. 이런 현상은 심각한 사회적 갈등으로 표출되고, 갈등관리를 위해 들어가는 경제적 비용은 82조~246조 원(삼성경제연구소 연구 결과)으로 추산됐다. 이는 1인당 국내총생산(GDP)의 27%에 해당하는 금액이 갈등 해소 비용으로 쓰이고 있다는 것이다. 유용하게 쓰일 수 있는 막대한 예산이 갈등관리에 들어가는 것은, 신뢰관계가 형성되지 못한 결과이다.

이렇게 갈등관계가 깊어지고 서로가 상대방을 신뢰하지 못하니, 정부에서 추진하는 국책사업은 일단 의심을 하거나 제동을 걸고 보는 집단이 생겨나고, 소모적인 논쟁들이 계속되며 이를 설득하기 위해 많은 시간을 허비하다 골든타임을 놓치기 일쑤다. 타이밍을 놓치고, 사업 진행이 더디게 진행되다보니, 불필요한 예산이 추가로 들어가게 되고 그 피해는 고스란히 국민들이 떠안게 된다.

손자병법에 '상하동욕자승(上下同欲者勝)'이라는 말이 있다. 리더와 팔로워가 한 마음으로 한 목표를 향해 나아가는 조직은 반드시 승리한다는 이야기이다. 리더가 아무리 훌륭한 비전을 제시하고 열심히 하자고 외쳐도 리더에 대한 신뢰가 없는 조직이라면, 허공에 대고 외치는 소리일 뿐이다. 신뢰가 없는 조직에서 개인적으로 훌륭한 능력을 가진 직원들이 있다하여도 좋은 결과를 기대하는 것은 불가능하다.

신뢰를 쌓는다면 갈등도 일어나지 않고, 리더가 제시하는 비전을 함께 공유하고, 팔로워들의 적극적인 참여와 동반 상승효과를 일으킬 수 있다. 그래서 모두가 한마음으로 뭉치고 좋은 결과를 얻기 위해서 가장 먼저 해야될 일은 신뢰를 쌓는 것이다.

무너지는 집을 지으려면
신뢰라는 재료를 빼면된다

좋은 동료나 파트너가
되기 위한 자질 중,
가장 중요한 것은
무엇인가?

朝廷因申砬啓辭 請罷舟師 專意陸戰
조 정 인 신 립 계 사 청 파 주 사 전 의 륙 전

公馳啓以爲遮遏海寇 莫如舟師
공 치 계 이 위 차 알 해 구 막 여 주 사

水陸之戰 不可偏廢 朝廷可其奏
수 륙 지 전 부 가 편 폐 조 정 가 기 주

조정이 신립의 장계로 해군을 파하고 육전에만 전력하자
이순신은 "바다에서 오는 적을 막는 데는 수군만한 것이 없으니
수군 육군의 어느 한 가지도 없앨 수는 없습니다."하니
조정에서도 그 의견을 옳게 여겼다

출처: 이충무공전서 권 9행록

自壬辰至于五六年間 賊不敢直突於兩湖者 以
자 임 진 지 우 오 륙 년 간 적 부 감 직 돌 어 량 호 자

舟師之扼其路也 今臣戰船尙有十二 出死力拒戰
이 주 사 지 액 기 로 야 금 신 전 선 상 유 십 이 출 사 력 거 전

則猶可爲也 今若全廢舟師 則是賊之所以爲幸
즉 유 가 위 야 금 약 전 폐 주 사 즉 시 전 지 소 이 위 신

而由湖右達於漢水 此臣之所聾也
이 유 호 우 달 어 한 수 차 신 지 소 공 야

戰船雖寡 微臣不死 則賊不敢侮我矣
전 선 수 과 미 신 부 사 즉 적 부 감 모 아 의

임진년부터 5~6년 동안 적이 감히 충청, 전라를 바로 공격하지 못한 것은
우리 수군이 그 길목을 누르고 있었던 때문입니다.
신에게는 아직 전선 12척이 있습니다 죽을 힘을 다해 싸우면 오히려 할 수 있는 일 입니다.
이제 만일 수군을 전폐한다는 것은 적이 만 번 다행으로 여기는 일일뿐더러
충청도를 거쳐 한강까지 갈 것이라 그것이 신의 걱정하는 바입니다.
그리고 전선은 비록 적지만 신이 죽지 않는 한 적이 우리를 업수이 여기지는 못할 것입니다.

출처: 이충무공전서 권 9행록

11장

소통이 안되면 고통이 따라온다

하드웨어보다 소프트웨어...
통즉불통 불통즉통...
경청은 소통의 시작이다.

운주당

소통이 안되면
고통이 따라온다

하드웨어보다 소프트웨어...

'원균'으로부터 많은 왜적이 부산을 침공했다는 전갈을 받은 이순신은 조정에 경상도로의 출정을 허락해줄 것을 요청하고 전라좌수영 장군들을 소집하였다. 여기서 그는 경상도로 출전(出戰)하는 것에 어떤 생각을 가지고 있는지 각자의 의견을 이야기하라고 했다.

순천부사 '권준'을 비롯한 몇 몇은 왜군이 전라도 쪽으로 오면 그때 맞서 싸우자는 의견을 제시했다. 반면에 녹도만호 '정운' 등은 경상도 해역으로 나가 싸울 것을 주장하였다. 회의에 참석한 사람들은 다양한 의견을 제시했고 긴 시간이 지난 후 마침내 이순신은

"적의 기세가 마구 뻗쳐서 국가가 위급하게 된 이때 어찌 다른 도의 장수라고 핑계하고서 물러나 제 경계만 지키고 있을 것이냐. 내가 시험 삼아 물어본 것은 우선 여러 장수들의 의견을 들어 보자는 것이었다. 오늘 우리 할 일은 다만 나가서 싸우다가 죽는 것밖에 없다. 감히 반대하는 자가 있다면 목을 베리라."

이처럼 이순신은 소통(疏通)을 무척 중요하게 생각했다.

선조에게는 수시로 장계를 올려 현장의 흐름을 파악할 수 있도록 했으며 남인이었던 '류성룡' 외에도 '원균'을 지지하던 '윤두수·윤근수' 형제, '심충겸' 등 당색이 다른 조정 대신들과도 수시로 서신을 주고받으며 협조를 구하는 노력을 끊임없이 하였다.

부하들과의 소통은 직접 대면해서 하는 것을 즐겼다. 전라좌수영에 있을 때는 진해루에서 예하 장수와 각 분야 전문가들과 끊임없는 대화의 장을 마련했다. 또 임진왜란 발발 후 한산도로 진영을 옮겼을 때는

운주당(運籌堂, 지금의 제승당)을 지어 소통에 많은 시간과 공을 들였다. 다시 삼도수군통제사에 임명되어 명량 해전을 치르고 수군재건을 위해 박차를 가하던 고하도, 고금도 주둔 시절에도 운주당은 늘 존재했다. 이순신은 부하들과의 원활한 소통을 위해 수군 본부가 있는 곳에는 항상 운주당을 지어서 작전회의와 상하소통의 장으로 활용했다.

운주당에서 그는 부하들과 이야기를 나누고, 술을 마시고, 활을 쏘며, 나라와 군사 그리고 백성에 대해서 끊임없이 의견 교환을 하였다. 백성들도 알릴 이야기가 있으면 언제든지 운주당으로 달려와 직접 이야기했다. 이렇게 운주당은 신분고하를 막론하고 달려와 함께 이야기를 나누려는 사람들로 북적되는 소통의 장이 되었다.

이순신 후임으로 '원균'이 삼도수군통제사가 된 후, 소통의 장이었던 운주당은 주변에 울타리가 쳐지고 사람의 출입을 통제하는 등 불통의 개인공간으로 변했다.
운주당을 소통의 장으로 활용한 이순신은 늘 승리하였지만, 불통의 장으로 활용한 '원균'은 패배하였다.
소통은 하드웨어(운주당)를 어떻게 구축하느냐도 중요하지만, 운용하는 사람의 마음인 소프트웨어를 어떻게 운용하느냐에 따라 결과는 달라진다.

신분과 지위를 뛰어넘는 소통으로 고통을 막아낸
이상(理想)한 이순신이다.

통즉불통 불통즉통...

소통과 관련해서 자주 인용되는 말 '통즉불통 불통즉통(通卽不通 不通卽通)'이 있다. 소통의 사전적 의미는 '막히지 않고 잘 통함'이다. 사물의 이동이 원활하다는 것과 사람 간에 뜻이 잘 통하여 오해가 없다는 두 가지 뜻을 포함하고 있다. 대인관계에서의 소통은 후자를 말한다.

소통이란 단어가 정치, 경제, 문화, 직장, 가족 등 우리 사회 전반의 화두가 되었다. 곳곳에서 소통을 외치는 바람에 식상한 단어로 전락한 감도 없지 않다. 역설적으로 '진정한 소통은 소통을 강요하지 않는 데부터 출발한다'는 말까지 나왔을 정도다. 그만큼 사람들은 소통에 갈증을 느끼고 있지만 현실은 이를 해소시켜주지 못하고 있다.

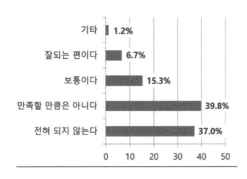

한 조사기관에서 직장인을 대상으로 '직장 내 소통이 잘 되고 있는지'를 조사한 적이 있었다. 보통이라고 답한 사람들까지 긍정적인 답변을 한 것으로 간주해도 조직 내에서 소통이 된다고 답한 사람은 22%에 불과하다. 특이한 것은 상위 직급으로 갈수록 조직의 소통이 잘 된다고 말하는 사람의 비율이 높다는 것이다. 모두가 소통을 원하고 있고 특히 상위직급으로 갈수록 소통이 잘 된다고 생각하고 있지만, 현실은 불통 사회 속에서 살고 있다.

소통 장애를 겪는 10명 중 9명은 소통이 단절되면 근로의욕이 떨어지고(42.1%), 스트레스로 인간관계가 힘들어지는(20.9%) 등 직장생활에 영향을 받았다고 답했다. 또 직장인들이 원활한 소통을 위해 하고 있는 노력 1위는 평소 상대방의 이야기를 잘 들어준다(74.4%)였다.

소통을 위한 첫 발은 바로 경청이다.
먼저 상대방의 말에 귀를 기울여주고 그 입장에 공감을 해줘야 한다. 하지만 우리는 자신의 말에 귀를 기울여주기를 더 바란다. 그리고 나와 생각이 다르면 상대를 틀렸다고 비난하고, 내편 네편을 가르려는 습성이 있다.

왜에 갔다 온 사신들끼리 서로 소통하고 합심하여 선조에게 올바른 보고를 했더라면, 조선은 그렇게 큰 위기를 맞이하지 않았을 것이다.

임진왜란 역사에서 소통의 중요성을 다시 한 번 돌아본다.

경청은 소통의 시작이다

한 동물을 선택하여
대화를 할 수 있는
능력이 생긴다면,
선택할 동물은
무엇인가?

賊勢鴟張 國家岌岌 豈可諉以他道之將而退守其境乎

적세치장 국가급급 기가위이타도지장이퇴수기경호

我之試問者 姑見諸將之意耳

아지시문자 고견제장지의이

今日之事 惟在進戰而死 敢言不可進者 當斬之

금일지사 유재진전이사 감언부가진자 당참지

적의 기세가 마구 뻗쳐서 국가가 위급하게 된 이때
어찌 다른 도의 장수라고 핑계하고서 물러나 제 경계만 지키고 있을 것이냐
내가 시험삼아 물어본 것은 우선 여러 장수들의 의견을 들어보고자는 것이었다
오늘 우리가 할 일은 다만 나서서 싸우다가 죽는 것밖에 없다
감히 반대하는 자가 있다면 목을 베리라

출처: 이충무공전서 권 9행록

12장

대인(對人)관계 X
대인(大人)관계 O

누구라도 소통하고 관계한다...
폭넓은 관계의 중요성...
폭 넓은 관계는 폭 넓은 길을 만든다.

대인관계

대인(對人)관계 X
대인(大人)관계 O

쓴소리 건의 잔소리
조언
듣기 싫은 소리 충고

누구라도 소통하고 관계한다...

이순신은 관직에 있는 동안 다양한 사람들과 관계를 맺는데 있어서 차별을 두지 않았다.

첫 번째. 임금 선조와의 관계.

우리는 흔히 이순신과 선조는 갈등관계를 맺고 있었을 것으로 생각하고 있으며, 이와 유사한 이야기들이 방송과 인터넷 등에서 다양하게 언급되었다. 그러나 절대군주시대에 신하가 임금에게 거역하여 맞선다는 것은 상상할 수 없는 일이다. 더구나 이순신을 전라좌수사로 임명하고자 할 때, 많은 대신들의 반대에도 불구하고 그를 임명한 사람이 바로 선조였다. 임진왜란이 발발하고 선조와 이순신은 교서, 유서, 장계[1] 등 서신을 통해 끊임없이[2] 소통하고 관계를 맺으며 왜적을 물리치는데 힘썼다.

두 번째. 직속상관과의 관계.

임진왜란이 발발하기 직전에 그의 직속상관은 전라도 순찰사[3] '이광'이었다. 그는 이미 1589년에 함경도에서 임기를 끝내고 고향으로 돌아와 있던 이순신의 능력을 알아보고 조방장으로 발탁하여 임명하였다.

1) '교서' 왕이 내리는 명령서, '유서' 왕이 각 지방으로 파견되는 관찰사, 절도사, 방어사 등이 부임할 때 내리는 명령서, '장계' 왕명을 받고 지방에 나가 있는 신하가 자기 관하의 중요한 일을 왕에게 보고하는 문서
2) 임진왜란 기간 중 조정에서 내린 교서와 유서는 모두 33건이고 이순신이 조정에 보낸 장계는 임진왜란 발발에서부터 1594. 4. 20까지 78건을 보냈다.
3) 왕명을 받아 군의 업무를 담당하던 종2품의 관리

이순신이 전라좌수사로 부임한 후, 둘은 한 달에 1~2회 정도 편지와 공문을 주고 받으며 의견을 나누었다. '이광'이 순천에 왔을 때, 이순신도 그곳에서 4일 동안 함께 생활하며 군 업무에 관한 의견을 다양하고 심도있게 나누었다. 물론 두 사람이 늘 좋은 관계를 유지한 것만은 아니었다. 임진왜란 발발 직후 전라좌수군이 첫 출전을 앞둔 상황에서 '이광'이 이순신 휘하의 순천부사4) '권준'을 탐내어 자신의 부하로 삼겠다고 했을 때 – 전투에 참여하려는 부대의 핵심 장수를 빼서 자신의 참모로 쓰겠다는 지시가 달가울리 없었지만 – 이순신은 그의 명령에 순응하여 '권준'을 첫 출전에서 제외하여 '이광'에게 보냈다. 옥포, 합포, 적진포 해전 등 1차 출전에서 승리를 거두고 돌아온 이순신은 '이광'에게 '권준'을 다시 자신의 휘하에 두어 전투에 함께 참가할 수 있도록 해달라고 요청하였고 '이광'은 이를 받아들였다. 이순신은 상관의 지시에 대해 일단 군령(軍令)을 따른 후, 자신의 의견을 제시하여 상대를 설득함으로서 원만한 대인관계를 유지하였다.

세 번째. 류성룡과의 관계

가장 긴밀하고 활발하게 교류한 인물은 류성룡이었다. 류성룡은 전라좌수사로 간 이순신에게 병법서인 「증손전수방략(增損戰守方略)」을 보내 다양한 전술을 익혀 전쟁을 준비하는데 큰 도움을 주었다. 류성룡은 이 외에도 많은 편지를 주고 받으며 임진왜란 내내 든든한 후원자 역할을 해줬다. 이순신도 편지를 주고받았는데 특히 1593년 9월에 전복을, 1595년 9월에는 유자 30개를 편지와 함께 보내는 등 끊임없이 긴밀한 소통을 했다. 이순신은 꿈에서도 류성룡을 만날 정도로 돈독한 사이였다.

네 번째. 반대세력과의 관계

또한 이순신은 자신의 정치적 후원자인 동인5)들과의 교류는 물론 원균을 지지하는 서인들과의 관계에도 끊임없는 소통과 관계를 맺는데 노력했다. 난중일기에는 1593년 7월 초 '윤두수'를 비롯한 여러 대신들에게서 답장을, 1594년 7월 말 '윤근수'에게 편지를, 8월 말에는 '심충겸'에게 답장을, 1595년 5월에는 좌의정 '김응남'과 편지를 주고 받았다.

이런 폭넓은 대인관계를 맺음으로 인해 삼도수군통제사 교체 문제가 나왔을 때, '윤두수' 등 서인들조차 이순신과 원균 모두를 통제사로 함께 임명하자는 의견을 내놓기도 했다.

이순신은 이와 같이 동인과 서인의 차별과 구별이 없는 원활한 인간관계를 유지했다.

편식보다 더 나쁜 편견이 없었던
이상(理想)한 이순신이다.

4) 순천 지방을 관할하는 종3품
5) 조선시대에 당파(동인과 서인)를 나누어 정치를 하는 '붕당정치'의 한 파

▲제승당
이순신이 한산도에 진(陣)을 옮긴 후 운주당(運籌堂)을 세우고 휘하 참모들과 작전계획을 협의하였던 집무실 겸 주거지. 이후 운주당은 정유재란을 거치며 소실되었고 1740년(영조 16)에 통제사 조경(趙儆)이 옛터에 유허비(遺墟碑)를 세우고 제승당이라 이름하였다. 지금 있는 건물은 1930년대에 중수하였고 1976년 정비되어 지금까지 이르고 있다.

폭넓은 관계의 중요성...

"인간은 사회적 동물이다!" 아리스토텔레스가 한 말이다.

이 말처럼 인간은 함께 어울려 살면서 사회 속 한 일원으로 살아갈 때 인간답고 행복하게 살 수 있다. 하지만 아이러니하게도 인간은 함께 어울려 살면서 대인관계에서 많은 스트레스를 받고 있다.

2016년 3월 취업포털 잡코리아와 출판사 웅진지식하우스가 남녀 직장인을 대상으로 '직장인 스트레스 현황'에 대한 설문조사를 했는데, 스트레스가 '매우 높다'는 46.2%, '조금 높다'는 49.0%로, 대부분(95.2%)의 직장인들이 직장 내에서 스트레스를 받고 있는 것으로 나타났다. 스트레스를 받는 원인 중 가장 큰 것은 상사와 동료와의 대인관계(53%)였다.

이런 현상들이 발생하는 이유는...

사람들과의 관계에서 자신을 기준으로 모든 것을 바라보는 마음이 크고 상대방에 대한 배려보다는 자신을 향한 이해와 관심을 바라고 있기 때문이다. 또한 자기와 맞는 사람들과의 관계를 유지하고 강화하다 보니, 성향이 다른 사람은 배척하게 되고 자신과 맞는 끼리끼리 문화 — 자신의 입맛에만 맞는 사람들과 어울리는 관계의 편식 — 가 형성이 되어 조직 내 대인관계에서도 갈등이 발생된다.

또 같은 해 6월 '직장에서 성공하기 위해 필요한 것은?' 이라는 설문에서, 1위인 부모의 재력에 이어 대인관계가 2위로 나타났다. 결과적으로 직장인들이 조직 내에서 대인관계의 중요성을 이야기 하지만 정작

주변사람과 관계를 맺는데 있어서는 서툴거나 노력을 하지 않고 있다는 것을 보여준다. '상하동욕자승(上下同慾者勝)'이란 말이 있다. 모두가 한 마음으로 목표를 향해 나갈 때 시너지효과를 얻을 수 있다는 뜻이다. 힘을 합쳐야 할 때, 함께 하는 사람들끼리의 관계에 문제가 생긴다면 목표 달성은 기대하기 힘들다.

조직 내에서 좋은 대인관계를 맺으려면?

첫 번째. 먼저 다가 가라.
'자주보면 정든다' '눈에서 멀어지면 마음에서도 멀어진다'라는 말이 있다. 자신을 중심으로 타인들이 움직여주기를 기다리지말고, 지지해주는 사람은 물론 반대편에 있는 사람들에게도 먼저 다가가 왕래를 했던 이순신처럼 내 주변의 모든 사람에게 먼저 다가가 관계를 맺어라.

두 번째. 다른 것은 틀린 것이 아니다.

주변 사람의 의견이 나와 다를 수 있다. 나와 같은 의견을 가지고 있는 사람들과의 관계만 유지하다 보면 조직 내에서 다양성이 떨어지고, 다양성이 부족함으로 인해 창의적 사고와 참신한 아이디어를 기대하기는 어렵다. 나와 다른 생각을 받아들이고, 나와 반대되는 의견을 존중할 때 폭넓은 관계를 유지할 수 있다.

세 번째. 꾸준함을 유지하라.

'감탄고토(甘呑苦吐)' 나에게 이익이 있을 때에는 관계를 형성하고 손해가 있을 때는 관계를 끊어버리는 것을 말한다.

마음에서 우러나 꾸준하게 형성된 진솔한 관계 형성이 신뢰를 만들고, 그 신뢰가 바탕이 되어 좋은 관계를 유지할 수 있다.

당장 눈에 띄는 성과가 나오지 않더라도, 평소에 한결같은 마음으로 맺어놓은 인간관계가 진정 폭넓은 인간관계이다.

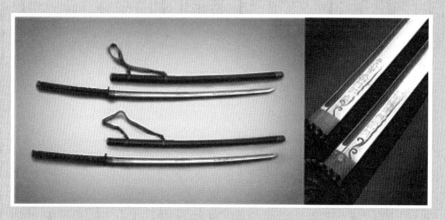

▲이순신 장검

보물 326호(아산 현충사), 길이가 197.5㎝에 달한다. 1594년에 만들어진 이 칼은 장군의 위엄을 나타내는 장식용이다. 이 칼에는 장군의 기개를 보여주는 문장이 각인되어 있다.

三尺誓天 山河動色(삼척서천 산하동색)
一揮掃蕩 血染山河(일휘소탕 혈염산하)
'석자짜리 칼로 하늘에 맹세하니 산하가 벌벌 떨고,
한번 휘둘러 적을 쓸어버리니 산하가 피로 물든다'

폭넓은 관계는
폭넓은 길을 만든다

첫 대면에서 상대에게
할 수 있는 말 중
가장 효과적인 말은
무엇인가?

李舜臣事然矣, 予亦知之
이순신사연의, 여역지지

但此時不拘常規 乏人不得不爾
단차시부구상규 핍인부득부이

此人足以可堪矣, 不必問官爵高下
차인족이가감의, 부필문관작고하

可勿更論, 以固其心
가물경론, 이고기심

이순신의 일이 그러한 것은 나도 안다.
다만 지금은 상규에 구애될 수 없다
인재가 모자라 그렇게 하지 않을 수 없었다
그 사람이면 충분히 감당할 터이니 관작의 고하를 따질 필요가 없다
다시 논하여 그의 마음을 동요시키지 말라

출처: 선조실록 25권 1591. 2. 16

上京鎭撫入來 左台簡與增損戰守方略冊送來
상경진무입래 좌태간여증손전수방략책송래

見之則水陸戰火攻等事 一一論議
견지칙수륙전화공등사 일일론의

誠萬古之奇論也
성만고지기론야

한성 갔던 진무가 돌아왔다.
좌의정 류성룡의 편지와<증손전수방략>이라는 책을 가지고 왔다.
이 책을 보니 수전, 육전, 화공전 등 모든 싸움의 전술을 낱낱이 설명했는데
참으로 세상에 비길 데 없는 훌륭한 책이다

출처: 난중일기, 1592. 3. 5

13장

No! 비난이 아닌 대안

무패 신화의 비밀...
예스맨?
리더는 노(No)라는 말에 노(怒)하지 마라.

왕명거부

No!
비난이 아닌
대안

무패 신화의 비밀...

이순신은 당시 왕 선조로부터 부산에 집결해 있는 왜 수군을 공격하라는 명령을 2차례 받는다.

첫 번째는 1592년 9월이었다. 8월 중순에 한성에 주둔하고 있던 '가토', '기무라' 등의 부대가 남하하여 김해에 집결하고 군수 물자를 부산으로 운반하였다. 조정에서는 이러한 왜의 일련의 행동을 본국으로 철수하려는 것으로 판단하였다. 여기에 경상우도 관찰사 '김수'의 보고도 이런 판단을 확고히 하는데 일조하였다.

"위로 침범한 적도들이 낮에는 숨고 밤에 행군하여 양산, 김해강 등지로 잇달아 내려오는데, 짐짝을 가득 실은 것으로 보아 본국으로 도망하려는 것 같다."

이순신은 조정의 명령을 받고 8월 24일 전라우도, 경상우도 수군과 연합함대를 구성하여 부산포를 향해 출정하였다. 부산포에 도착해 정찰을 한 결과 왜군은 세 곳의 포구에 약 470여 척의 배를 정박시키고, 산 중턱에 진을 치고 있으면서 바다에서의 전투를 회피하고 있었다. 이에 조선수군은 사력을 다해 적진으로 돌진하여 각종 화포를 쏘며 공격하여 왜선 100여 척을 분멸하는 전과를 올렸다.

두 번째는 정유재란(1597년) 발발 직전에 내려진다.

4년 간 이어지던 명과 왜의 강화교섭이 실패로 돌아가자 왜는 다시 조선을 침략할 계획을 세운다. 왜는 눈의 가시인 이순신을 제거하기 위해 사전 음모를 꾸미는데 '고니시'의 부하 '요시라'를 시켜 조선 조정에 거짓 정보를 흘려보내도록 한다. '요시라'는 경상우도 병마절도사 '김응서'를 찾아와 "가토가 바다를 건너오는 날을 알려줄 것이니 바다에서 싸우게 하라"는 정보를 제공한다. 이는 바로 조정에 보고되고 다시 이순신에게 부산으로 출정하라는 명령이 내려온다. 하지만 이순신은 왕의 명령에 대하여 몇 가지 이유를 들어 신중한 태도를 보이며 출정하지 않았다.

이순신은 왕명을 따를 경우, 조선수군의 패망이라는 참담한 결과를 가져올 수 밖에 없다는 판단을 했다. 왕명을 거역하는 것은 자신의 목숨을 연명할 수 없는 대역죄를 범하는 것이다. 자신의 목숨을 살릴 것인가? 조선수군을 살릴 것인가? 이 갈림길에서 그는 조직을 위해서 과감하게 왕명에 대해 'No'라는 결단을 내렸다.

'원균'도 삼도수군통제사에 임명된 후, 처음에는 부산으로 출전하는 것이 무리임을 알고 거부하였으나 조정과 '권율'의 압박으로 부산으로 출전하였는데, 그 결과는 칠천량 해전에서 조선 수군의 괴멸로 이어졌다.

이순신이 거둔 무패의 신화는 비록 임금의 명령이라 할지라도 현장지휘관으로서 이행하는 것이 합당하지 않을 때는 목숨을 걸고 'No'라고 말할 수 있는 신념이 있었기에 가능했다.

전장(戰場) 상황을 모르고 내린 왕명을 목숨 걸고 거부한
이상(理想)한 이순신이다.

예스맨?

良藥苦口 忠言逆耳(양약고구 충언역이)

이 말은 중국에서 옛날부터 전해지던 경구인데 삼국시대 위나라 '왕숙'이 편찬한 공자가어(孔子家語)에 '공자'가 한 말로 나온다.

'양약고어구 이리어병 충언역어이 이리어행(良藥苦於口 而利於病 忠言逆於耳 而利於行) / 좋은 약은 입에 쓰지만 병에는 이롭고, 충성스런 말은 귀에 그슬리지만 행동에는 이롭다"라는 말로 은나라 '탕왕'은 간언하는 충신이 있었기 때문에 번창했고, 폭군 '걸왕'과 '주왕'은 아첨하는 신하만 있었기 때문에 망했다는 고사에서 유래했다.

리더의 자리에 오르기까지 어려운 과정을 겪지 않았거나 실패를 해보지 않은 사람은 자신이 결정하고 추진하는 방법이 늘 옳다고 생각한다. 이런 리더들은 주변의 이야기를 듣지 않고 자신의 생각대로 브레이크가 고장 난 자동차를 타고 질주하고 있다. 이런 리더의 질주에 잠시 주변을 돌아보고 생각할 수 있는 시간을 갖도록 브레이크를 걸어줄 사람이 필요하다. 하지만 현실은 그렇지 않다.

최근 사외이사 관련 보도된 뉴스를 보면 사외이사들이 이사회에 출석을 하지 않아도, 출석은 하지만 회사 안건에 거수기 역할을 하여도 고액의 연봉을 받고 있다. 이들은 회사의 경영 목표와 추진 방향을 제3자의 입장에서 평가하고 있고 더 좋은 방안을 제시하기보다 자신의 안위만을 위해 거수기 역할만 하고 있다. 사외이사도 이렇게 눈치를 보고 할 말을 못한다면, 수직적 문화에 익숙한 우리 조직문화에서 리

MK
매일경제 MBN

뉴스
뉴스톰

시사저널 1381호

CEO가 좋아해서...출선 99 0%?
[2015 사업보고서 대해부] 100대 기업 사외이사 '거수기' 사외이사
안건 찬성률 99.76%에 달해...30대 기업 반대 전무

Ⓙ 중앙일보

내기업 사외이사, 일 잘하네...99.6% 거수기 역할 톡톡

더의 결정에 잘못된 부분이 있다고 한들 'No'라고 말할 사람들이 있겠는가? 결국 주변에는 '예스맨'만 득실거릴 것이다. 이런 조직은 폭군 '걸왕'과 '주왕'의 사례에서 본 것처럼 어느 순간 걷잡을 수 없는 몰락의 길로 접어들 것이다.

상사에게 'Yes'만 한다면 당장은 편할지 모르지만 자신을 포함한 조직의 미래는 위기에 빠진 가능성이 높다. 진정 자신이 속한 조직의 발전을 원하는 사람이라면 아닐 때는 'No'라고 외칠 수 있어야 한다. 또한 리더도 건전한 비판과 대안에 대해서는 포용할 수 있는 넓은 공감 능력을 겸비해야 한다.

리더는 노(No)라는
말에 노(怒)하지 마라

당장 누군가를
감옥에 집어넣을 수
있는 권한이 있다면,
누구인가?

各道彌滿之賊 日漸流下 將乘其退遁 水陸合攻

각 도 미 만 지 적 일 점 류 하 장 승 기 퇴 둔 수 륙 합 공

각 도에 가득찼던 적들이 날마다 내려온다하므로
그들이 도망해 갈 때에 수륙으로 한꺼번에 공격하려 합니다.

출처: 임진장초, 부산포 승첩을 아뢰는 계본

14장

열 번의 외침보다
한 번의 실전이 사랑이다

전공(戰功)보다 백성...
국민을 위하여...
선공후사(先公後私) 선공하면 국민이 후사합니다.

애민정신

열 번의 외침보다
한 번의 실천이
사랑이다

전공(戰功)보다 백성...

이순신이 전라좌수사로 부임하여 전투준비에 매진하던 어느날 성밑에 사는 병졸 '박몽세'가 채석장에 갔다가 이웃집의 개를 잡아먹은 일이 벌어졌다. 이 소식을 들은 그는 곤장 80대를 치는 벌을 내렸다.

이순신이 백의종군의 벌을 받아 초계에 있는 권율에게 가던 중, 자신의 종들이 아침에 고을사람들에게 밥을 얻어먹었다는 말을 듣고는 종들을 엄하게 꾸짖고 얻어먹은 밥에 대한 쌀을 다시 돌려주었다.

이 사건의 공통점은 백성을 사랑하는 애민정신을 실천했다는 것이다. 이런 애민정신을 가지고 있었기에 임진왜란 중, 이순신은 자신의 공적을 높이는 것보다 백성들의 안위를 더 생각하면서 그들에게 피해가 가지 않도록 모든 노력을 다했다.

이런 신념이 가장 잘 드러난 것은 3차 출정에서 였다. 전라좌수영을 떠나 경상도 해역으로 들어온 좌수군은 당포에 하룻밤을 머문다. 이때 미륵도로 피난을 갔던 목동 '김천손'이 견내량에 왜선 70여 척이 있다는 정보를 제공한다. 왜군이 있음을 확인한 이순신은 한산도 앞 넓은 바다에서 싸울 것을 결정한다.

이렇게 결정한 이유 중 하나는 견내량은 육지가 가까워 전세가 불리해지면 왜군은 육지로 도망가 숨게되고, 그럴 경우 왜군들의 수탈행위로 인해 조선 백성들이 큰 어려움에 처할 것을 걱정했기 때문이다. 다음날 이순신은 왜 수군을 한산도 앞바다로 유인한 후 학익진을 펼쳐 왜군을 격파했다.

한산도에서 전투가 끝난 다음날, 정찰선이 안골포에 왜선 40여 척이 있다는 보고를 했다. 바로 출동한 이순신은 포구에 정박해 있는 왜선을 넓은 바다로 유인하여 무찌를 계획을 세웠다. 이에 왜군은 조선수군의 유인에도 불구하고 전날의 패전 소식으로 인해 조금도 움직이지 않았다. 결국 조선수군은 순차적으로 포구로 들어가 왜선을 공격하고 나오는 전술을 펼쳤는데 갑자기 이순신은 조선수군에게 공격을 멈추고 넓은 바다로 물러나라는 명령을 내렸다.

이는 공적을 챙기기보다 육지에 숨어있는 백성들의 안위를 더 생각한 이순신의 결단이었다.

그는 관직 생활 중 백성에게 조그마한 피해도 끼쳐서는 안 된다는 철두철미한 애민정신을 가지고 있었으며 이를 실천에 옮겼다.

이렇게 종일토록 하여 그 배들을 거의 다 깨뜨리자, 살아남은 왜적들은 모두 육지로 올라갔는데 이 왜적을 다 사로잡지는 못했습니다. 그러나 그곳 백성들이 산골에 숨어있는 자가 매우 많은데 그 배들을 모조리 불살라서 궁지에 빠진 도적들이 되게 한다면 숨어있는 백성들이 비참한 살육을 면치 못할 것이므로 잠깐 1리쯤 물러나와 밤을 지냈습니다.

〈출처: 임진장초, 한산도 승첩을 아뢰는 계본〉

백성을 위해서는 개인의 출세나 전공을 모두 포기한
이상(理想)한 이순신이다.

▲압송되는 이순신

▲노량해전

국민을 위하여...

저를 뽑아준 '국민의 뜻'에 따라 열심히 일하겠습니다.

'국민의 뜻'을 차마 어찌할 수 없어 다시 나왔습니다.

'국민의 뜻' 뼈 속까지 받들어 다시 출발하겠습니다.

'국민의 뜻'이라면…….

이 말은 국민을 대표하는 위정자들이 선거를 앞두고 습관적으로 하는 말들이다. 모든 말의 중심에는 '국민의 뜻'이 있다고 한결같이 말하고 입만 열면 국민을 위하여 최선을 다하겠다는 다짐을 한다. 하지만 선거가 끝난 후 그들의 행동에서 그들이 정말로 국민을 위한다고 생각하는 국민들은 얼마나 될까?

최근에 언론기자들과의 회식 자리에서 한 고위공직자가 한 말 '민중은 개 돼지'는 충격적이었으며 국민들의 공분을 사기에 충분했다. 그들에게 국민을 위한다는 말은 어떤 의미일까? 물론 자신을 희생해가며 천릿길도 마다하지 않고 국민을 위해 노력하는 공직자들이 더 많다. 하지만 이 사건으로 대다수 공직자들이 열심히 노력함에도 불구하고 그들의 노력이 보잘 것 없어졌다.

선출직 선거의 경쟁이 더 치열해지고, 공무원 선발 시험의 열기가 갈수록 뜨거워지는 것은 나라와 국민에 대한 봉사보다 권력과 안정적인 일자리에 대한 개인적인 욕망이 표출된 결과로 볼 수 있다. 하지만 공직자는 국민 위에 군림하는 자리가 아니라 봉사하는 자리로 첫째도 국민, 둘째도 국민, 셋째도 국민을 위해 일을 해야 한다.

법안을 심의하고 제정하는 국회의원은 자신의 인기 몰이를 위해서가 아니라 진정 국민을 위해 일을 해야 한다. 정책을 다루고 그것을 국민들에게 전달해주는 공직자는 자신의 일을 단순히 하나의 직무수행으로 생각하는 것이 아니라 국민에게 최고의 서비스를 제공한다는 생각으로 일을 해야 한다.

진정 국민을 사랑하는 마음으로 일할 수 있을 때, 국민으로부터 사랑받고 모두가 행복한 사회가 될 수 있다.

선공후사(先公後私)
선공하면 국민이 후사합니다

국민들에게 꼭 필요한 법을
한 가지를 만들 수 있는
권한이 주어진다면,
만들 법은 무엇인가?

故射殺後雖未斬頭 力戰者 爲首論功事申令

고 사 살 후 수 미 참 두   역 전 자   위 수 논 공 사 신 령

활을 쏘아 죽이고 나서 비록 목을 베지 못하더라도
힘써 싸운 사람은 공을 논할 때 으뜸으로 하겠다고 영을 내렸습니다.

출처: 임진장초, 당포에서 왜적을 처부순 장계

餘生倭賊等 盡爲下陸 盡焚其船 致成窮寇

여 생 왜 적 등   진 위 하 륙   진 분 기 선   치 성 궁 구

則竄伏之民 未免魚肉之禍 故姑退一里許經夜

칙 찬 복 지 민   미 면 어 육 지 화   고 고 퇴 일 리 허 경 야

살아남은 왜적들은 모두 육지로 올라갔는데
그 배들을 모조리 불살라 궁지에 빠진 도적들이 되게 한다면
숨어있는 백성들이 비참한 살륙을 면치 못할 것이므로
잠깐 1리쯤 물러나와 밤을 지냈습니다.

출처: 임진장초, 한산도 승첩을 아뢰는 장계

15장

탁월한 안목은
숨겨진 가치를 보는 것

적재를 적소에...
상승효과를 일으켜라...
적소(適所)에 적재(適材)를 적재(積載)하면 성공이다.

리더의 안목

탁월한 안목은
숨겨진 가치를
보는 것

적재를 적소에...

　이순신하면 가장 먼저 떠오르는 것이 거북선이다. 하지만 거북선을 직접 만들지는 않았다. 거북선을 설계하고 만드는 중추적 역할을 한 사람은 나대용이다. 나대용은 1556년 나주에서 태어나 1583년 훈련원 별시 병과에 급제하여 관직을 시작했다. 하지만 윗사람을 찾아가는 것을 좋아하지 않아 승진과는 거리가 먼 사람이었다. 짧은 관직 생활 후, 고향으로 내려가 거북선 연구에 심혈을 기울이던 중 이순신이 전라좌수사로 부임(1591년) 했다는 소식을 듣고 찾아가 거북선 건조에 대한 자신의 의견을 내놓았다.

　그의 재주를 한눈에 알아본 이순신은 조선(造船)담당군관으로 임명하고 거북선 제작을 시작하였다. 이렇게 시작된 거북선 제작은 임진왜란 발발 하루 전날에 완성이 되었고 사천해전(4번째 해전)부터 전투에 참가해 돌격선으로서 왜수군의 대장선을 공격하고 적의 진형을 흐트러뜨리는 등 혁혁한 전공을 세웠다. 이는 숨은 인재를 한눈에 알아보고 적재(適材)를 적소(適所)에 활용한 이순신의 탁월한 안목이 있었기에 이룩한 성과이다.

　임진왜란이 발발하고 '원균'의 요청으로 전라좌수군을 경상도로 이동하려 할 때, 이순신은 경상도 바닷길을 잘 알지 못한 상태였다. 요즘이야 위성항법장치(GPS)가 있어서 처음 가는 길도 막힘없이 갈 수 있지만 당시에는 이런 항법장치는 커녕 해도(海圖)도 마땅치 않았기에 물길에 놓여있는 암초와 바다의 깊고 낮음을 알 수 없어 낯선 바다를 항해하는 데에 많은 어려움이 있었다.

"하늘은 스스로 돕는 자를 돕는다"고 하였던가?

전라좌수영 내에 경상도 바다를 잘 아는 인재가 있었으니 바로 광양 현감 '어영담'이었다. 이순신은 경상도로 이동할 때, 그에게 바닷길을 안내하게했다.

'어염담이 군략이 뛰어나고 영남바다 여러 진에서 활동하여 바다의 얕고 깊음, 도서의 험하고 수월함, 주둔할 장소 등을 빠짐없이 알고 있어 승리 기여도가 가장 높았다'고 기록되어있다.

– 난중잡록 –

'어영담'이 아무리 경상도 바닷길을 잘 알고 있다고 하여도 이순신 이 합당한 임무를 부여하지 않았더라면 그가 자신의 능력을 발휘하기 어려웠을 것이다. '어영담'의 활약은 그의 재능을 알아본 이순신의 탁 월한 안목이 있었기에 발휘될 수 있었다.

전투 중 가장 중요한 문제 중 하나는 군량미 확보다. 이를 해결하기 위해 이순신은 주변 섬 등에 둔전(屯田)을 경작했다. 무관들은 늘 전투 에 참여하여야 했기에 둔전을 관리하는 일은 사실상 불가능했고, 이순 신은 '정경달'에게 둔전관리의 막중한 임무를 맡겼다.

'정경달'은 1570년 문과에 응시하여 관직에 진출한 문인이었다. 1594년 이순신은 그가 신병 요양차 장흥에 내려온 사실을 확인하고 조 정에 그를 둔전관리 책임자로 파견해줄 것을 요청했다. 이후 '정경달'

은 1595년 남원부사로 떠날 때까지, 혼신의 힘을 다해 둔전 경영에 매진하였고 안정적으로 군량미를 확보했다. 이 또한 인재를 알아보고 적재를 적소에 배치하는 이순신의 탁월한 안목이 있었기에 가능했던 성과이다.

남들이 보지 못하는 것을 보는
이상(理想)한 이순신이다.

▲거북선 건조

상승효과를 일으켜라...

〈장자(莊子)〉에 나오는 손 안 트게 하는 약 이야기.

옛날 중국 송나라에 대대로 빨래만 전문으로 해서 생계를 유지한 집안이 있었다. 이들은 겨울철 찬물에도 손발이 트지 않는 '불균수지약(不龜手之藥)'이라는 비법의 약을 만들어 사용했다.

한 과객이 거액을 주고, 약 만드는 기술을 사서 오나라로 왔다. 찬바람 부는 겨울철 오(吳)나라와 월(越)나라가 양자강 유역에서 수전(水戰)을 벌이게 되었다. 그는 손이 안 트는 약을 대량으로 만들어 병사들에게 바르게 했고 이것이 강한 전투력이 되어 월나라를 크게 이길 수 있었다. 전쟁 후 그는 땅을 하사받아 제후가 되고 대대손손 부를 누리며 살았다.

"장자'는 "똑같이 손 안 트게 하는 약으로 누구는 제후가 되고, 누구는 평생 빨래하는 직업을 못 벗어났으니 이것은 같은 물건이라도 누가 어떻게 사용하느냐에 따라 그 결과가 달라진다는 것을 보여준 것이다."라고 말했다.

결국 남들과 다른 안목을 가지고 세상을 봤을 때, 더 나은 성과를 만들어 낼 수 있다는 것을 보여준 사례다.

2009년 미국의 국방첨단과학기술연구소는 4만달러의 상금을 걸고 '레드벌룬 챌린지'를 개최했다. 규칙은 미국 전역에 임의로 띄운 빨간색 기상관측기구 10개 모두를 가장 먼저 찾아내는 팀이 우승을 하는 경기였다.

우승은 '소셜네트워크'를 통한 집단지능을 이용한 "펜틀런드'교수의 MIT미디어랩 연구팀에게 돌아갔다.

이들은 기구의 위치를 정확하게 찾아낸 제보자에게는 2,000달러, 제보자를 소개한 사람에게는 1,000달러, 소개자를 소개한 사람은 500달러를 준다는 '보상 사슬'을 제시했다. 이 공고는 트위터, 페이스북, 이메일 등을 통해 순식간에 200만 명에게 전해졌고, 미 전역에서 제보자들이 나타나면서 약 9시간 만에 문제를 해결했다. 결과적으로 이 방식은 참여자 서로가 경쟁자가 아닌 협력자가 되어 상승효과를 일으켰고 모두의 이익을 얻을 수 있었다.

리더가 조직의 상승효과를 얻기 위해서는 상황과 본질을 정확하게 파악하고 인식해야한다. 이럴 때 리더의 탁월한 안목이 생기고 정확한 방향을 제시할 수 있다. 그 다음에 리더가 할 일은 조직원 상호간 상승효과를 발휘할 수 있도록 구성원을 하나로 묶을 수 있는 리더의 역량이 추가되어야 한다.

'첫 단추를 잘못 끼우면 마지막 단추는 끼울 구멍이 없다' 출발의 중요성을 강조한 말이다.

목표를 향한 방향을 설정하고, 인재를 뽑아 조직을 만들고, 구성원의 능력을 하나로 뭉쳐 달성 목표를 향해 나가는 과정에서 첫 단추는 중요하다.

첫 단추를 잘 끼우기 위한 중요한 요소는, 리더의 탁월한 안목이다.

적소(適所)에 적재(適材)를 적재(積載)하면 성공이다

충무공 이순신 장군을
만난다면,
제일 먼저 할 질문은
무엇인가?

則長興居前府使丁景達 時在本家云 特命差下

즉장흥거전부사정경달　시재본가운　특명차하

장흥에 사는 전 부사 정경달이 지금 본가에 있다하니
특별히 종사관으로 임명해 주기 바랍니다

출처: 임진장초, 종사관을 임명해 주기를 청하는 장계

諸島牧場閑曠之地 明春爲始耕墾

제도목장한광지지　명춘위시경간

農軍則以順天 興陽留防之軍 出戰入作

농군즉이순천　흥양류방지군　출전입작

여러섬에 있는 목장 중에 넓고 비어 있는 곳에
명년 봄부터 밭이나 논을 개간하기 시작하되
농군은 순천과 흥양의 유방군들을 써서 나가서는 싸우고
들어와서는 농사를 짓도록 함이 좋겠습니다

출처: 임진장초, 둔전을 설치하도록 청하는 장계

임진왜란 해전

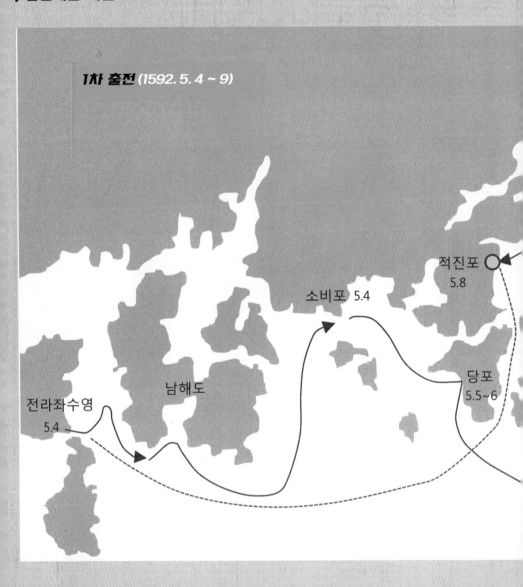

1차 출전 (1592. 5. 4 ~ 9)

적진포 5.8

소비포 5.4

당포 5.5~6

남해도

전라좌수영 5.4

합포 5.7

남포
5.7

영등포

옥포
5.7

거제도

송미포
5.6~7

합포 위치는 어디인가?

합포의 위치는 마산과 진해라는 두 가지 주장이 있다. '임진장초'에 웅천(현재의 진해)땅 합포에 이르러 전투를 했다는 기록이 있으며 이후 창원 땅 남포에 이르러 정박했다는 기록이 있다. (창원과 진해를 명확하게 구분) 또한 신시(申時, 오후 3~5시)에 보고를 받고 전투를 벌이고 돌아올 수 있는 거리를 고려했을 때 진해 땅 합포가 합포해전 장소라고 판단할 수 있다.

해전명	조선 수군	왜 수군	결과
옥포해전	45척(판옥선28, 협선17)	30여척	26척 분멸
합포해전	상동	5척	5척 분멸
적진포해전	상동	13척	13척 분멸
비고	포작선 46척은 전력에서 제외(어선에 불과)		

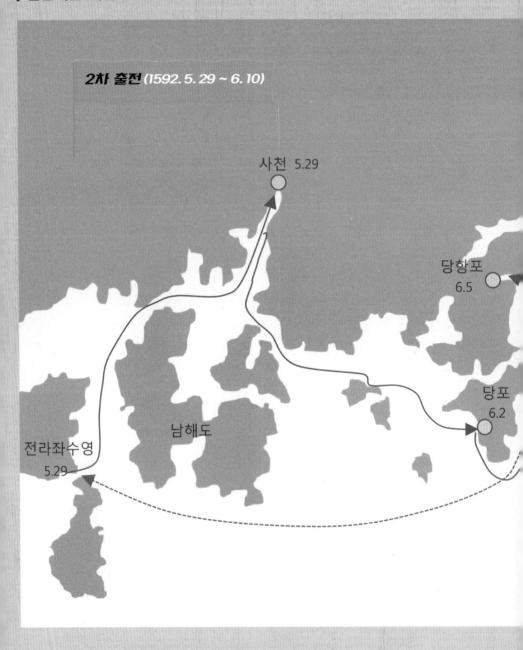

2차 출전 *(1592. 5. 29 ~ 6. 10)*

사천 5.29

당항포
6.5

당포
6.2

전라좌수영
5.29

남해도

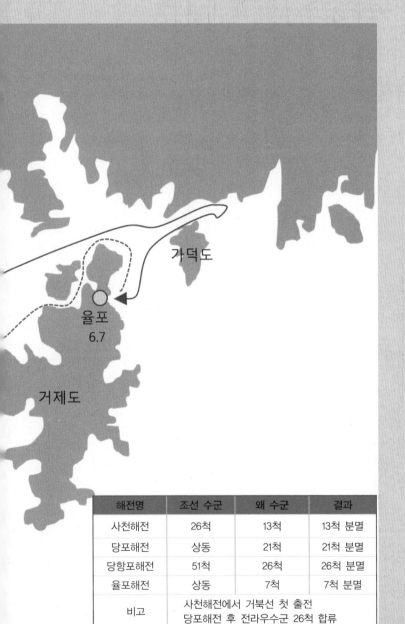

가덕도

율포
6.7

거제도

해전명	조선 수군	왜 수군	결과
사천해전	26척	13척	13척 분멸
당포해전	상동	21척	21척 분멸
당항포해전	51척	26척	26척 분멸
율포해전	상동	7척	7척 분멸
비고	사천해전에서 거북선 첫 출전 당포해전 후 전라우수군 26척 합류		

임진왜란 해전 : 1592

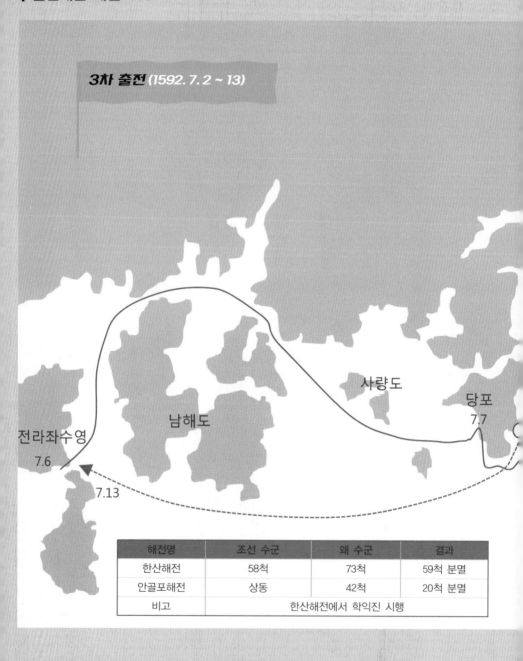

3차 출전 (1592. 7. 2 ~ 13)

사량도

당포
7.7

남해도

전라좌수영
7.6

7.13

해전명	조선 수군	왜 수군	결과
한산해전	58척	73척	59척 분멸
안골포해전	상동	42척	20척 분멸
비고	한산해전에서 학익진 시행		

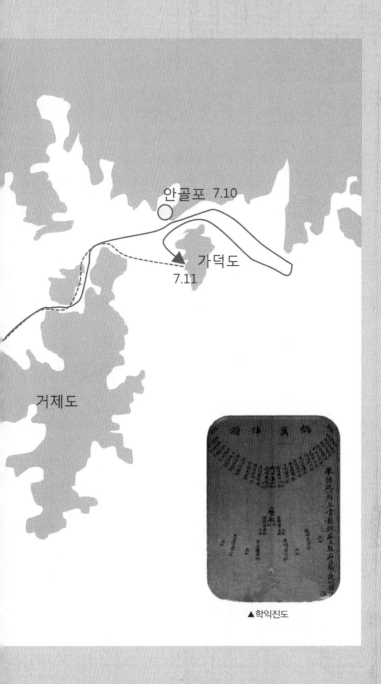

안골포 7.10

가덕도
7.11

거제도

▲ 학익진도

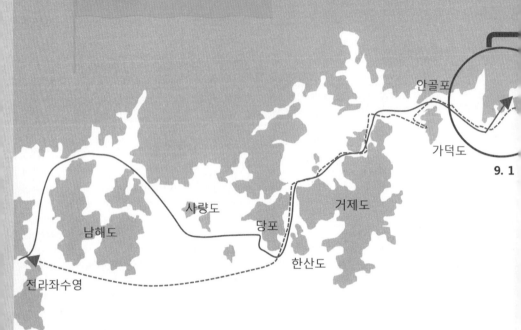

4차 출전 (1592. 8. 24 ~ 9. 2)

안골포

가덕도

9. 1

사량도

거제도

당포

남해도

한산도

전라좌수영

1회인가, 7회인가?

● 4차 출정 중 벌어진 크고 작은 해전 횟수는 학자에 따라 각각의 해전
으로 봐야한다는 의견과 부산포해전 하나로 봐야 한다는 의견이 있다.
이런 이유로 임진왜란 해전 횟수의 차이를 보인다.

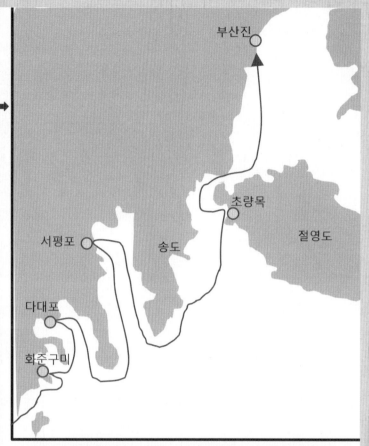

해전명	조선 수군	왜 수군	결과
장림포해전	81척	6척	6척 분멸
화준구미해전	상동	5척	5척 분멸
다대포해전	상동	8척	8척 분멸
서평포해전	상동	9척	9척 분멸
절영도해전	상동	2척	2척 분멸
초량목해전	상동	4척	4척 분멸
부산포해전	상동	470여척	100여척 분멸

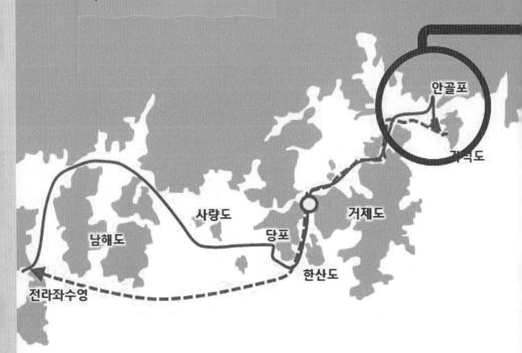

5,6차 출전 (1593. 2. 6 ~6. 26)

안골포

거적도

사량도

거제도

당포

남해도

한산도

전라좌수영

웅포해전,
수륙합동공격의 필요성 절감

● 부산 왜 수군 집결지 공격을 위해 중간에 위치한 웅포에 집결되어 있는 왜 수군의 격멸이 필
   요하여 약 1개월 간 웅포를 공격하였으나 왜성을 쌓고 포구 깊숙히 들어가 있는 왜 수군의
   전 회피로 큰 성과를 거두지 못함. 이를 계기로 수륙합동공격의 필요성을 절감한 계기가 됨.
● 1593년에는 웅포해전 이후 6월에 견내량 인근에서 한 차례 해전이 더 벌어졌음.

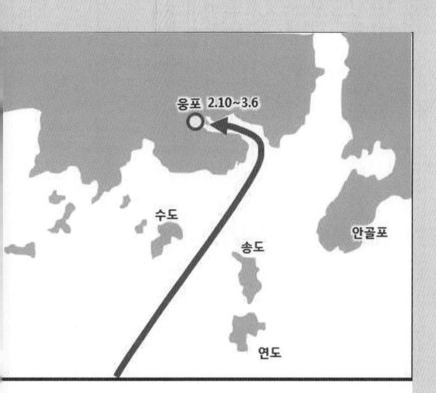

해전명	날짜	조선 수군	왜 수군	결과
웅포해전 1차	2. 10	89척	100여척	왜군 다수 사살
웅포해전 2차	2. 12	상동	상동	상동
웅포해전 3차	2. 18	51척	상동	왜군 100여명 사살
웅포해전 4차	2. 20	상동	상동	왜군 다수 사살
웅포해전 5차	2. 22	상동	상동	50여척 분멸
웅포해전 6차	2. 28	상동	50여척	왜군 다수 사살
웅포해전 7차	3. 6	상동	상동	왜군 다수 사살
견내량해전	6. 26	100여척	10척	격퇴

1594년 해전
한산도 이진 후는 몇 차 출전의 개념미적용

해전명	날짜	조선 수군	왜 수군	결과
읍전포해전	3. 4	30척	6척	6척 분멸
어선포해전	상동	상동	2척	2척 분멸
시굿포해전	상동	상동	2척	2척 분멸
당항포해전	3. 5	상동	21척	21척 분멸
장문포해전 1차	9. 29	140여척	100여척	2척 분멸
영등포해전	10. 1	70여척	70여척	없음
장문포해전 2차	10. 4	140여척	왜성 주둔병력	없음

● 이번 해전의 특징은 이전과 달리 조선함대 전체가 전투에 직접 참가하지 않았다는 것이다. 왜 수군의 세력 규모에 맞춰 일부분만 전투에 직접 참가하고 나머지 수군은 외해에서 진형을 갖추고 위엄을 과시하며 지원 준비를 하는 동시에 외해에서 오는 왜 수군의 공격에 대비하였다.

● 장문포 해전에서는 수륙합동 공격을 시도했으나 왜군의 미대응으로 큰 성과를 내지 못함.

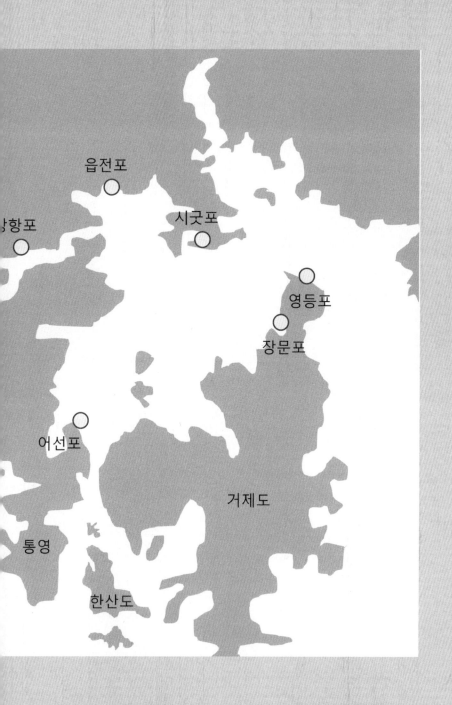

읍전포

시굿포

앙항포

영등포

장문포

어선포

거제도

통영

한산도

임진왜란 해전 : 1597~1598)

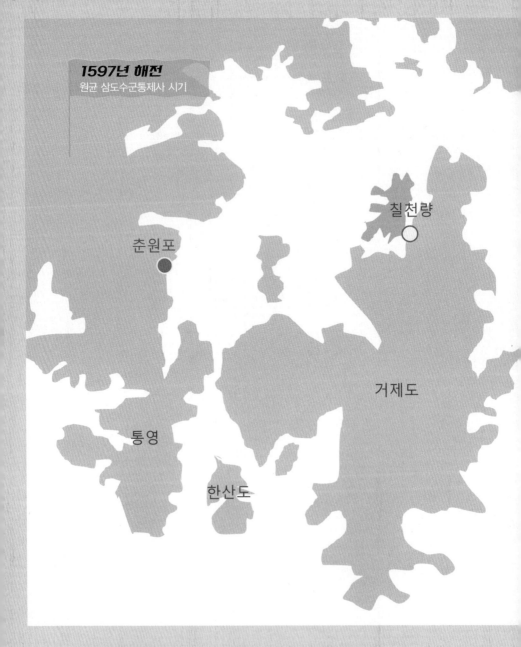

1597년 해전
원균 삼도수군통제사 시기

칠천량

춘원포

거제도

통영

한산도

포

절영도

해전명	날짜	조선 수군	왜 수군	결과
기문포해전	3. 9	수십척	3척	3척 분멸
안골포해전	6. 18	100여척	100여척	수척 분멸
절영도해전	7. 8	90여척	1,000여척	10여척 분멸
칠천량해전	7. 15~16	160여척	500~1,000여척	10여척 분멸

● 기문포는 거제도의 한 지명인데 정확한 위치는 불분명

● 칠천량해전에서 괴멸한 조선수군, 원균은 춘원포에 상륙한 후 추격해간 왜군에 의해 전사함, 전라우수사 이억기는 패배에 대한 책임을 통감하고 자결, 경상우수사 배설은 10여 척의 판옥선을 이끌고 탈출

1597년 해전
이순신 삼도수군통제사 재임명 후

명량

벽파진

어란포

해전명	날짜	조선 수군	왜 수군	결과
어란포해전	8. 28	13척	8척	격퇴
벽파진해전	9. 7	상동	13척	격퇴
명량해전	9. 6	상동	133척	31척 분멸

명량해전 이후 조선수군 이동경로

● 명량해전 승리 후 조선수군은 부족한 전투준비 등을 위해
  서해 고군산도까지 후퇴하였다가 왜 수군이 남해로 물러간
  후 목포 앞 고하도로 돌아와 그 해 겨울을 나면서 군사력
  재개에 온 힘을 다했다.

고군산군도

위도

법성포

어의도

당사도

보화도

전라우수영

임진왜란 해전 : 1597~1598)

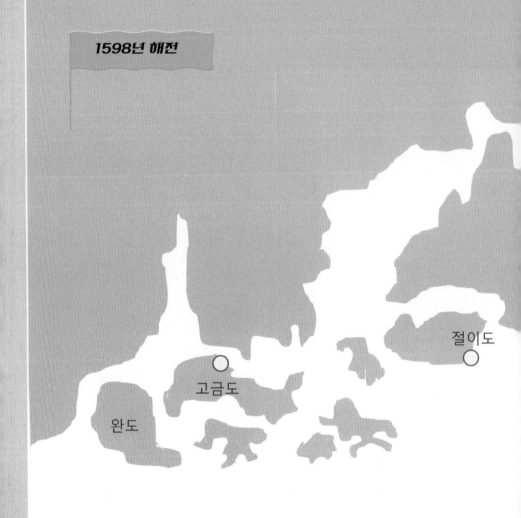

1598년 해전

절이도

고금도

완도

해전명	날짜	조선 수군	왜 수군	결과
고금도해전	2	40척	16척	16척 분멸
흥양고도해전	3. 18	상동	5척	5척 분멸
절이도해전	7. 19	60여척, 명 200척	100척	50척 분멸
예교성 1차	9. 20	60여척, 명 400척	300척	
예교성 2차	9. 21	상동	상동	1척 분멸
예교성 3차	9. 22	상동	상동	
예교성 4차	10. 2	상동	상동	
예교성 5차	10. 3	상동	상동	
예교성 6차	10. 4	상동	상동	
장도해전	11. 13	60여척	10여척	격퇴
노량해전	11. 19	60여척, 명 400척	500여척	200여척 분멸

〈참고문헌〉

김종대, 「이순신, 신은 이미 준비를 마치었나이다」 가디언, (2012)

박종평, 「흔들리는 마흔, 이순신을 만나다」 흐름출판, (2013)

박종평, 「이순신 이기는 원칙」 스타북스, (2012)

방성석, 「위기의 시대, 이순신이 답하다」 중앙북스, (2013)

선조실록, 선조수정실록

우상규, 「위기 속 자기경영 이순신에게 길을 묻다」 바우디엔씨, (2016)

이민웅, 「임진왜란 해전사」 청어람미디어, (2008)

이민웅, 「이순신 평전」 성안당, (2012)

이순신, 고정일 역 「난중일기」 동서문화사, (2012)

이순신, 조성도 역 「임진장초」 연경문화사, (2010)

이순신, 이은상 역 「이충무공전서」 홍문각, (1989)

임원빈, 「살고자하면 죽으리라」 순천향대학교출판부, (2012)

임원빈, 「이순신 병법을 논하다」 신서원, (2005)

전승훈, 「멘트대백과」 해피&북스, (2012)

제장명, 「이순신 백의종군」 행복한 나무, (2011)

제장명, 「이순신 파워인맥」 행복한 미래, (2012)

지용희, 「경제전쟁시대 이순신을 만나다」 디자인하우스, 2003

이순신에게 길을 묻다!

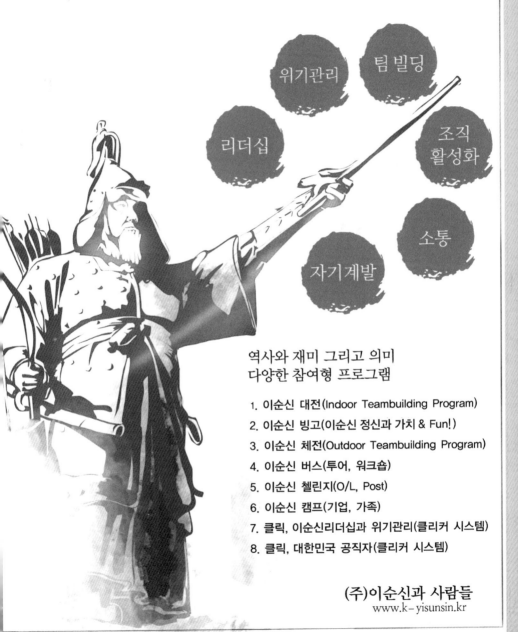

위기관리

팀 빌딩

리더십

조직
활성화

소통

자기계발

역사와 재미 그리고 의미
다양한 참여형 프로그램

1. 이순신 대전(Indoor Teambuilding Program)
2. 이순신 빙고(이순신 정신과 가치 & Fun!)
3. 이순신 체전(Outdoor Teambuilding Program)
4. 이순신 버스(투어, 워크숍)
5. 이순신 첼린지(O/L, Post)
6. 이순신 캠프(기업, 가족)
7. 클릭, 이순신리더십과 위기관리(클리커 시스템)
8. 클릭, 대한민국 공직자(클리커 시스템)

(주)이순신과 사람들
www.k-yisunsin.kr

이상(理想)을 실현한

이상한 이순신

초판 1쇄   2017년 03월 30일
초판 2쇄   2017년 04월 28일

지은이 ㅣ 전승훈, 우상규
디자인 ㅣ 소리북&소리디자인
삽화 ㅣ 박태욱

펴낸곳 ㅣ 해피&북스
출판신고 ㅣ 2001년 10월 5일 제2013-000126호
주소 ㅣ 서울시 마포구 독막로222길 (신수동)
Tel 02)323-4060 **Fax** 02)323-6416
전자우편 ㅣ elman1985@hanmail.net

Translation Copyright© 2017 by Yi Sun-sin and people Publishing Co.
Printed & Manufactures in Seoul, Korea

ISBN 978-89-5515-605-8 13810
12,000원